NARRATORI MODERNI

AKLI TADJER

UN SEMPLICE GESTO DI TENEREZZA

Traduzione di
SARA ARENA

Garzanti

Prima edizione: aprile 2015

Per essere informato sulle novità del Gruppo editoriale Mauri Spagnol visita:
www.illibraio.it

Traduzione dal francese di
Sara Arena

Titolo originale dell'opera:
Les Thermes du Paradis

ISBN 978-88-11-68806-8

Printed in Italy

www.garzantilibri.it

UN SEMPLICE GESTO DI TENEREZZA

«Non bisogna aver paura della felicità,
è soltanto un bel momento da trascorrere.»

Romain Gary

1.

Alle cinque in punto Leïla mi ha inviato un SMS per dirmi che avremmo fatto prima a trovarci direttamente davanti al metrò di Père-Lachaise alle sette, invece che al mio negozio di onoranze funebri. Ho risposto: «Non c'è problema. Ci sarò». Poi mi sono chiusa in ufficio a fare i conti.

Una buona giornata.

Solo oggi, ho avuto cinque clienti. L'ex preside di una scuola privata in pensione ha comprato il modello Chenonceau in rovere chiaro con maniglie in ottone finemente lavorate, una pietra tombale di granito rosa e una lapide dello stesso materiale dedicata al suo caro estinto. Per i funerali ha voluto il servizio in pompa magna, con coro, voci bianche, preghiere recitate da un prete ortodosso e rimpatrio della salma nella tomba di famiglia a Milhac dans le Lot: un giro nel cuore della Francia che ha fatto considerevolmente lievitare la sua fattura.

Il piccolo cuscino di fiori avvolto nel nastro viola su cui è scritto in lettere di velluto color argento: AL MIO AMATO MARITO – SARAI SEMPRE NEL MIO CUORE, quello gliel'ho regalato.

Gli altri clienti, dei radical chic miscredenti che abitano nei palazzi signorili costruiti da poco intorno al parco delle Buttes-Chaumont, hanno optato per la cremazione.

Molto in voga nel quartiere, in questi ultimi anni, la cremazione.

Il nome del defunto e le date di nascita e di morte incisi sul granito nero dell'urna, anche quelli li ho regalati. È la piccola offerta della Maison Reverdy, il supplemento d'anima che fa la differenza rispetto alla concorrenza amichevole, e tuttavia feroce, dei miei vicini e rivali.

Un attimo prima che chiudessi il negozio l'ospedale Lariboisière mi ha inviato una mail per informarmi che il loro obitorio era al completo e che dovevo liberarli urgentemente, entro domani mattina, di un paio di barboni morti per ipotermia su una panchina del giardinetto di Belleville e di un annegato ripescato nel canale Saint-Martin, alla chiusa dell'Hôtel du Nord.

Ho risposto: «Non c'è problema. Vi mando i miei ragazzi all'alba. Cordiali saluti, Adèle Reverdy».

2.

Nel retrobottega, che funge da cucina e oasi di pace per i miei ragazzi, ci sono un forno a microonde, una macchina del caffè a cialde ultimo grido, un frigorifero, uno scaffale con qualche scatola di Kleenex per i clienti in lacrime, una foto dei miei genitori da giovani fieramente in posa davanti a un carro funebre nuovo fiammante e una pila di «Magazine funéraire» che ho già letto e che conservo non so bene perché. Poi, un tavolo Ikea di legno bianco, quattro sedie comode e, nell'angolo vicino alla finestra con la grata che dà sui garage, la mia bara – una Sully in castagno tutta graffiata, invendibile anche con lo sconto – che ho trasformato in guardaroba.

Questo è tutto, per il retrobottega.

Dimenticavo, impilati uno sull'altro ci sono anche alcuni cartoni pieni di simboli religiosi: crocifissi per i cristiani, mezzelune con la stella per i musulmani, stelle di David per gli ebrei, composizioni di fiori finti e rotoli di nastri viola per corone, su cui si leggono le formule classiche ma sempre apprezzate: «Sarai per sempre nei nostri cuori»; «Senza di te la vita non è più vita»; «Un angelo è volato in cielo». Oppure quelle che sottolineano volontariamente il distacco dal defunto: «A mio padre»; «A mia madre»; «A mia nonna»; «A mio nonno»; «A mio marito»; «A mia moglie».

Be', ci siamo capiti.

Mentre mi tolgo l'abitino nero per infilarmi i jeans, mi telefona Rose, la mia sorella maggiore. È in zona alla ricerca di un parcheggio e, dato che è imbottigliata nel traffico e non ne vede la fine, ne approfitta per chiacchierare un po'. Anzitutto, mi ripete che tra due giorni è l'11 gennaio e io compio trent'anni. Come potrei dimenticarlo, visto che da un mese non passa giorno senza che lei me lo ricordi? Lo ha detto anche a Leïla, l'altro ieri e ieri sera. Poi mi annuncia che ha fatto una follia, una vera, enorme, e non ce la fa più a tenere il segreto.

Per festeggiare l'evento ha affittato la *Paloma*, una chiatta ormeggiata al quai de la Loire, sul canale dell'Ourcq. Ha già organizzato tutto – catering, fiori, torta – e si occuperà anche dell'accoglienza degli invitati. Io non dovrò fare altro che divertirmi e cercare di trovarmi un fidanzato. Dato che è particolarmente lanciata, appoggio il telefono sul tavolo, sistemo le décolleté nere scamosciate sullo scaffale basso della bara e mi infilo i Dr. Martens.

Trent'anni.

Me ne infischio di avere trent'anni. Anzi, odio i compleanni. Soprattutto il mio. Mi ricordano il periodo acne, salatini Curly e latte dolce condensato. Eppure cominciavano sempre bene i miei compleanni. Mi piaceva cantare con Rose e gli altri invitati l'inossidabile *Happy birthday*. Mi piaceva ricevere regali, anche quelli brutti. Mi piaceva quando i nostri genitori andavano fuori a cena in città per lasciarci libero l'appartamento. Mi piaceva quando, appena richiusa la porta, ci fiondavamo verso il mobile bar per finire tutte le bottiglie di whisky, o di qualsiasi altra cosa, pur di ubriacarci. Aspettavamo di essere ottenebrati dall'alcol, poi spingevamo tavolo e sedie contro i muri, alzavo il volume della musica a palla e ci mettevamo a ballare rock, salsa o lambada. Appena iniziava a mancarci il fiato, le gambe non andavano più a ritmo e il sudore ci bagnava le tempie, abbassavo la luce fredda delle alogene e Rose faceva partire i lenti.

Era a quel punto che le cose si guastavano per me. Ai primi accenni della musica, le coppie già formate si abbracciavano teneramente. Altre, che si scoprivano per la prima volta, ondeggiavano un po' a distanza, poi i loro corpi si avvicinavano e prima che il lento sviolinasse le sue ultime note erano guancia contro guancia. Alcuni osavano addirittura il primo bacio.

Io restavo da sola, con le mani in mano, a fare da tappezzeria vicino al buffet e a rimpinzarmi di schifezze in attesa che qualcuno mi attirasse a sé. Ma non si avvicinava mai nessuno.

Intorno a Rose, invece, era tutto un fermento. Sapeva di essere bella, sia di faccia sia da dietro. Ci giocava. Ci marciava. Quando aveva individuato un tizio che le piaceva, di solito il più figo della festa – e anche il più volgare –, prendeva uno dei pavoni che le facevano la ruota attorno, lo trascinava in mezzo alla sala, gli appoggiava la testa sulla spalla e si incollava a lui senza mai perdere di vista la sua futura preda. Sulle ultime note del lento, il suo cavaliere cercava di baciarla, ma lei si sottraeva con aria sdegnata. Si voltava verso il bel ragazzo, si passava le dita fra i lunghi capelli rossi che le ricadevano sulle spalle esili e terminava il suo numero di charme con un sorriso, sbattendo gli occhi da cerbiatta. Colpito al cuore, il poveretto era spacciato.

Per anni sono stata il premio di consolazione di quei poveracci che aveva respinto e che si vendicavano con me palpandomi il sedere o cercando di strapparmi un bacio senza nemmeno aspettare l'intro del lento.

È stato con uno di quei ragazzi insignificanti, più imbranato di me, che ho ceduto per la prima volta. Era il giorno dei miei diciotto anni. Eravamo al buio in camera mia. Si era tolto i pantaloni in fretta e furia, io mi ero spogliata altrettanto velocemente, eravamo cascati sul letto e lui si era steso sopra di me. Avevo chiuso gli occhi, fatto qualche movimento col bacino ed emesso qualche gemito per dare l'illusione dell'amore. In tre spinte lui aveva concluso, come un coniglietto, poi si era rivestito biascicando: «Allora, com'è stato?».

Avevo risposto... No, non avevo risposto niente.

Aveva preso in mano i suoi mocassini ed era uscito dalla stanza in punta di piedi, come un ladro. Io avevo barcollato fino al comò e mi ero guardata allo specchio; mi ero trovata brutta come sempre, triste come il più delle volte, ed ero nauseata da me stessa. Mi ero passata del mascara sulle ciglia, avevo spruzzato un po' di profumo per coprire il suo odore di sudore, mi ero rimessa a posto i capelli, poi avevo guardato il mascara misto a lacrime rigarmi di nero le guance pallide.

Come si chiamava?

Non me lo ricordo più.

La mia memoria non ha voluto trattenerlo.

Per il mio diciannovesimo compleanno Rose aveva invitato Étienne, un tipo che faceva medicina con lei all'università. Come ogni volta che la vedevo con uno nuovo, morivo di invidia: col passare degli anni era sempre più seducente e più brillante di me negli studi. Chi non ci conosceva non immaginava neanche per un istante che potessi essere sua sorella; al limite una sua amica. Lei era tutto quel che sognavo di essere e non sarei mai stata. Se non fosse stata mia sorella, mi sarei innamorata di lei come chiunque altro, questo è certo.

Étienne assomigliava a tutti i suoi ex fidanzati, ma in meglio. Aveva le spalle larghe, la carnagione scura, lo sguardo luminoso e i capelli nerissimi, pettinati all'indietro come Hugh Grant in *Quattro matrimoni e un funerale*. E sorrideva. Il suo viso era un unico grande sorriso. In più, aveva una voce da maschio rauca e soave che mi aveva fatto drizzare i peli sulle braccia quando mi aveva detto che ero carina, anch'io, e che la mia timidezza mi dava un'aria di mistero che mia sorella non aveva. Non avevo creduto nemmeno a una parola, ma mi aveva scaldato il cuore sentire il suo sguardo benevolo su di me per il tempo di un lento.

Avevamo ballato *L'Été indien* di Joe Dassin. Ero stata io a mettere di nascosto quel vecchio CD dei miei perché la canzone durava quattro minuti e ventidue secondi. Era la cosa più lunga che avessi trovato nella nostra discoteca. Mi sentivo bene tra le sue braccia e mi ricordo che, appena eravamo stati guancia contro guancia, mi ero stretta contro di lui, come Rose. Ma Étienne era rimasto di marmo. Per l'ennesima volta avevo invidiato mia sorella con tutte le mie forze e, per l'ennesima volta, avevo odiato i miei genitori per avermi fatta così poco arrapante.

Ce l'avevo con mio padre, soprattutto. Ho ereditato la sua carnagione spenta, il naso lungo e le labbra sottili che mi danno un'aria perennemente austera o scontrosa. Come se non bastasse, ho preso anche i suoi occhi piccoli di un azzurro molto pallido, quasi malato. Mia madre diceva che avevano il colore delle lagune dei mari del Sud – il che mi faceva molto piacere – fino a quando il mio compagno di banco del liceo spezzò le mie illusioni paragonandoli all'azzurro dell'Anitra WC.

Étienne, dicevamo.

Quando Joe Dassin aveva scandito le sue ultime parole e i suoi ultimi *sciabada*, avevo canticchiato con la testa sulla sua spalla: «*E ci ameremo ancora quando l'amore sarà morto...*».

Lo aveva fatto sorridere e poi ridere, con una risata di gola, grassa e volgare, che non era proprio da lui. Per la vergogna mi si era incendiato il viso. Étienne si era scusato e aveva raggiunto Rose sulla terrazza. Avevano riso e brindato ai miei diciannove anni non so più con chi, poi si erano appartati al riparo dai curiosi per amarsi sotto il freddo di un cielo stellato.

Ridicola e umiliata, mi ero ingozzata di salatini Curly, avevo fatto fuori un tubetto di latte condensato e dato fondo alla zuppiera di sangria. Quando tutto aveva cominciato a girarmi attorno e avevo sentito salire il primo conato di vomito, mi ero appesa al collo del primo imbecille che si aggirava in mezzo al salotto e avevamo ballato.

Avevo talmente bisogno di tenerezza, in quel periodo, che mi aggrappavo a chiunque purché mi volesse un po' di bene.

Come si chiamava?

Non me lo ricordo.

La mia memoria non ha voluto trattenere neanche lui.

Mia sorella, dicevamo.

Riafferro il telefono per riprendere il filo della conversazione, ma è troppo tardi. È già lì, davanti alla porta del retrobottega, bella e sexy come per un primo appuntamento galante.

3.

Mi bacia con la punta delle labbra, si siede su un angolo del tavolo, guarda l'orologio e dice: «Alla fine ho corso per niente. Sono in anticipo di mezz'ora».

«Dov'è che hai appuntamento di preciso, nel quartiere?»

«Te l'ho già detto tre volte al telefono. Non mi hai ascoltata. Come sempre.»

Tira fuori dalla tasca dell'impermeabile la lista degli invitati che hanno accettato di presenziare alla mia festa di compleanno. Ci sono ex compagni dell'università di Jussieu e altri del liceo Arago, che ha recuperato torturando Facebook e tutta una serie di siti di ritrovo per trentenni nostalgici della loro giovinezza. Saremo venticinque. Ci sarà anche lo zio André.

Il suo sguardo si ferma sulla fotografia dei nostri genitori davanti al carro funebre nuovo fiammante e, con la voce improvvisamente atona, mormora: «Già dieci anni. C'era un tempo da lupi, come oggi. Ti ricordi?».

Come potrei non ricordarmene. Mancavano due mesi ai miei vent'anni. I nostri genitori avevano deciso di fare una settimana di vacanza in Egitto sul Mar Rosso, al Club Med. Era stata soprattutto mia madre a insistere: voleva allontanarsi un po' dal cielo plumbeo di Parigi, distrarsi e mandar via quel colorito grigiastro che le si appiccicava alla pelle fin dai primi freddi. Mio padre aveva messo in ferie i suoi beccamorti, come chiamava i ragazzi che lavoravano per lui. Il giorno prima della partenza mi avevano chiesto di portarli all'aeroporto di Roissy, ma dato che non avevo nessuna voglia di alzarmi all'alba per finire imbottigliata nell'immancabile ingorgo sull'autostrada del Nord, avevo detto che avevo degli esami da preparare per l'università e che ero indietrissimo. Allora avevano telefonato a Rose, che condivideva un piccolo monolocale in rue Gazan, dall'altra parte di Parigi, con un ragazzo, anche lui specializzando all'ospedale di Bicêtre, ma lei non aveva risposto. Così si erano rassegnati a chiamare un taxi, dopo aver maledetto tutte e due.

Al risveglio avevo acceso la radio per sapere cos'era successo nel mondo durante il mio sonno. Dopo il bollettino meteo, che prevedeva un tempo da schifo su tutta la regione parigina, le notizie si erano spostate all'autostrada del Nord, in particolare la bretella d'accesso per l'aeroporto. Avevo alzato il volume ed ero rimasta di pietra mentre ascoltavo la voce del cronista annunciare che c'era stato un terribile incidente dovuto a forti piogge improvvise. Avevo spento la radio, acceso la televisione e mi ero sintonizzata su un canale di notizie non stop. Alcuni pompieri liberavano con la sega elettrica le vittime incastrate fra le macerie delle loro auto; le ambulanze le trasportavano prontamente negli ospedali della regione. Nel cielo uggioso gli elicotteri della polizia ronzavano al di sopra di quel casino inestricabile, aggiungendo un ulteriore senso di angoscia a una scena già di per sé paurosa. Il tamponamento era avvenuto verso le sette e aveva provocato una trentina di feriti, di cui nove in condizioni gravi. C'era un numero verde da chiamare per avere informazioni.

Avevo telefonato a mia madre sul cellulare, due, tre, dieci volte, ma non aveva mai risposto. Allora avevo chiamato il numero verde. Lì, dopo avermi chiesto di declinare l'identità dei miei genitori, mi avevano passato la camera mortuaria dell'ospedale di Bobigny.

Quando il responsabile dell'obitorio ha aperto i cassetti refrigerati per mostrarci i nostri genitori avvolti in due buste di plastica bianca, sono rimasta pietrificata, incapace di emettere un solo grido, un solo singhiozzo. Non pensavo che li avrei visti morire un giorno, mamma e papà: ero convinta che vivere del lutto degli altri li avesse resi immortali. Mentre Rose piangeva senza ritegno stringendosi al petto la mano già fredda della mamma, io rimanevo in disparte, paralizzata dall'orrore e piena di vergogna per non avere neanche una lacrima da offrire loro.

In quel momento una giovane donna si è avvicinata timidamente a noi: era Leïla. Aveva iniziato da poco a lavorare come tanatoprattrice e veniva a offrirci il suo novello sapere. Rose l'ha ringraziata scuotendo la testa, perché di professionisti come lei ne avevamo più d'uno nella nostra cerchia di conoscenze, anzi, alcuni erano fidati collaboratori delle pompe funebri Reverdy. Lei ha insistito guardandoci con quegli occhi da cane bastonato a cui non si può resistere. Abbiamo finito per cedere, perché era un giorno in cui non avevamo il coraggio né la forza di rifiutare niente a nessuno.

Prima che il responsabile della camera mortuaria richiudesse i nostri genitori nei cassetti refrigerati ho gettato un ultimo sguardo su di loro. Mia madre aveva il volto liscio, dolce, sereno. La morte le aveva restituito i suoi vent'anni. Così, era veramente la copia di Rose. Mio padre, invece, non aveva perduto nulla della sua aria accigliata e di profilo il suo naso sembrava ancora più lungo e appuntito.

È stato la sera dell'incidente, quando mi sono ritrovata da sola nel silenzio del grande appartamento, che sono arrivate le lacrime e la vera nostalgia.

Sono andata nella loro camera, ho aperto l'armadio a specchi, ho preso l'album delle foto di famiglia e mi sono stesa sul letto per riguardare un po' della nostra storia. Io a quattro, forse cinque anni. Era il tempo dell'innocenza e della spensieratezza. Ero con mio padre e mia sorella al Jardin d'Acclimatation. Io e Rose stavamo sedute sui cavallini di legno della giostra, vicino al lago. Io avevo uno sguardo ribelle e sorridevo mostrando tutti i denti. Dovevo sentirmi bella per essere così arrogante. In un'altra foto, Rose aveva tredici anni e io otto. Era scritto sul retro. Eravamo in posa con mia madre davanti alla fontana dei Leoni, sul piazzale davanti alla Grande Halle del parco della Villette. Mia madre indossava il suo cappotto con il collo di pelliccia, noi due parka verde militare e sciarpine dello stesso colore.

Cosa ci facevamo al parco della Villette sotto quel cielo senza sole?

Probabilmente la passeggiata domenicale, come tutte le domeniche. Rose era già ben consapevole della propria capacità di seduzione; di tre quarti, i capelli al vento, spingeva il petto in fuori per far spuntare i suoi piccoli seni. Io sapevo già di non essere fotogenica. Mia madre diceva che era per via della mia pelle troppo pallida che non rifletteva la luce, ma per lei non aveva importanza: mi voleva bene anche se non splendevo. Non era solo una questione di luce, però; avevo già una sorta di velo, qualcosa di definitivamente spento nello sguardo. In un'altra foto ero adolescente; era il giorno di Ognissanti e stavo con mio padre sullo spiazzo davanti al negozio, dove sono esposti alcuni modelli di tombe e monumenti funebri. Eravamo circondati da vasi di erica e crisantemi multicolori. Io avevo le braccia incrociate dietro la schiena, il corpo rigido, i capelli tagliati da maschio, come oggi, e l'aria di chiedermi cosa diavolo ci facessi in mezzo a tutta quella fioritura, ma sorridevo. Anche papà sorrideva e mi guardava con tenerezza.

Sorridevamo, ma ci trovavo tristi e brutti.

Poi c'eravamo io e lo zio André che camminavamo sulle assi del lungomare di Deauville; lui teneva una mano sulla mia spalla e io gli stavo ben vicina. Ho girato e rigirato tra le mani quei frammenti di vita dei Reverdy e mi sono addormentata orfana.

Dieci anni dopo la loro morte, ancora mi accade di pensare che se li avessi accompagnati all'aeroporto, invece di starmene al calduccio nel mio letto, forse sarebbero ancora qui. Mi capita anche di pensare che magari oggi sarei con loro, proprio di fronte, al Père-Lachaise, nella tomba di famiglia, e che in fondo non sarebbe poi così male.

Qualche mese dopo il funerale mi è diventato insopportabile vivere nel grande appartamento, con la sola compagnia dei miei rimorsi e dei miei rimpianti. Ho affittato in rue du Chemin-Vert, a venti minuti a piedi dal negozio, un trilocale con cucina abitabile e vista su un cortile alberato dove il cinguettio dei passeri ha preso il posto del baccano di boulevard de Ménilmontant.

È stato in quel periodo che ho rivisto Leïla. Ormai lavorava in proprio e veniva a proporci i suoi servizi. Davanti a una tazza di tè nel retrobottega, ci siamo raccontate. A frammenti, sospiri, sorrisi, risate e lunghi silenzi. Lei abitava nella periferia nord di Parigi, a Saint-Ouen, oltre il boulevard périphérique. Attraversava un brutto periodo per via del suo lavoro, perché dopo anni di bugie aveva infine detto ai suoi genitori che non faceva l'estetista ma la tanatoprattrice.

Tanatoprattrice?

Non avevano capito.

Aveva spiegato loro che si trattava sempre di estetica, ma su cadaveri. E aveva descritto nel dettaglio il piacere che provava nel restituire ai defunti la loro dignità prima che lasciassero definitivamente la comunità dei vivi.

Stupore. Lamenti. Costernazione.

Suo padre, assiduo frequentatore della moschea del quartiere, le aveva ordinato di rinunciare a quel lavoro, che era contrario alle leggi dell'Islam. Leïla aveva risposto per le rime, con una forza di cui si era sorpresa lei per prima.

Ma a quel calvario se ne aggiungeva un altro, una faccenda da musulmani, di quelle che si leggono a volte sulle pagine di cronaca dei giornali. Quando lei era bambina, i suoi genitori avevano combinato un matrimonio con un cugino barbuto, un tipo da burqa integrale per intenderci, che la reclamava dalla fine delle medie. Al punto in cui stavano le cose in quel momento, suo padre aveva allertato l'imam perché riportasse sua figlia alla ragione. Né l'imam né suo padre erano però riusciti a farla rinunciare al suo mestiere, che le stava così a cuore, né tanto meno alla sua vocazione da single. Il fidanzamento era saltato. Umiliati e screditati nel loro entourage, i suoi genitori avevano rimborsato la dote al pretendente e avevano dato una settimana alla figlia per abbandonare il tetto familiare.

Leïla ha vissuto per un po' da me, poi si è trovata un fidanzato, poi è tornata, poi è ripartita per altre avventure.

Da due anni abitiamo di nuovo insieme.

Per quanto?

Chi può dirlo?

Lei ha la sua vita. Io ho la mia. Ma siccome le nostre vite si assomigliano, per tanti aspetti, finiamo per passare molto tempo insieme.

Il cellulare di Rose suona nella sua borsa. Lei sobbalza, guarda il nome che appare sullo schermo ed esce sul retro del negozio per rispondere. Ne approfitto per infilarmi il cappotto e chiudere la mia bara.

Rose torna a passi lenti, arrossendo dal collo alla fronte. «Non indovineresti mai chi ho incontrato ieri alla serata degli ex compagni di medicina.»

No, in effetti non ne ho proprio idea.

«Abita a due passi da qui, in rue Oberkampf, al 104. Ceno con lui stasera.»

Non indovino ancora.

«Étienne. Ti ricordi, quello che chiamavi Hugh Grant. Adesso fa l'oculista, è primario all'ospedale dei Quinze-Vingt, il centro nazionale di oftalmologia. Ho invitato anche lui al tuo compleanno, e ha accettato. È una buona idea, che dici?»

Rispondo: «Okay, non c'è problema», come potrei rispondere: "Per me fa lo stesso". Poi mi chiede chi ho pensato di invitare io. A parte Abdelmoumen, Marcel, Georges, Lucas, il vecchio Arthur e Leïla, non mi è venuto in mente nessun altro.

Esasperazione, costernazione.

Brontola abbottonandosi l'impermeabile: «Fra i tuoi becchini e la tua amica truccatrice di morti, fate proprio un bel quadretto. Non è certo così che ti sistemerai, mia cara! Devi uscire un po', incontrare qualcuno di nuovo, fare qualcosa, porca miseria!».

Sono quasi le sette e mezzo. Leïla mi spedisce un SMS pieno di volgarità punteggiato da una raffica di punti esclamativi per ricordarmi che sono in ritardo di trenta minuti. Rose si sistema i capelli, ci baciamo, e finalmente esce dal negozio.

In fondo allo showroom, sul piccolo spiazzo dove, nel grigio del crepuscolo, si distinguono ormai solo le ombre inquietanti delle steli e dei monumenti funebri, come ogni sera da tanti anni il vecchio Arthur fuma la sua sigaretta seduto sulla stessa pietra tombale. Lo saluto da lontano e affronto il vento ghiacciato di boulevard de Ménilmontant.

4.

Leïla tira giù il berretto di lana beige per coprirsi le orecchie arrossate dal freddo, chiude fino al mento la cerniera del piumino con il collo di finta pelliccia e sbotta, furibonda: «A forza di fare avanti e indietro davanti all'entrata del metrò, sono stata rimorchiata da un tizio che pensava fossi una puttana. Dai, sbrigati, che arriviamo in ritardo».

«Dove mi porti?»

«Sorpresa.»

Si infila nella stazione del metrò di Père-Lachaise divorando i gradini a due a due. Le sto dietro come un'ombra. Non si gira, anzi, continua ad accelerare imprecando mezzo in arabo, mezzo in francese. Non ci crede fino in fondo nemmeno lei, alle sue arrabbiature, ma le dà sollievo brontolare: è la sua abitudine, il suo marchio di fabbrica, il suo lato mediterraneo che viene fuori. Quando è a corto di imprecazioni, ride forte, a singulti, come tanti singhiozzi irrefrenabili che la fanno virare al paonazzo. Rabbia e risate: è così che scarica la tensione dopo le dure giornate di lavoro. In dieci anni, Leïla è diventata la tanatoprattrice più richiesta nell'ambiente. Con lei i morti hanno un'aria così viva che sembrano resuscitati, e l'anno scorso la rivista «Magazine funéraire» l'ha eletta la miglior tanatoprattrice del momento. Un'onorificenza che abbiamo festeggiato in allegria, gioia e solitudine.

Mi galoppa davanti sempre più veloce. Timbriamo i biglietti e corriamo per non perdere il metrò; riusciamo a saltare sull'ultimo vagone e andiamo a sederci una accanto all'altra, di fronte a un tizio con un completo elegante, austero almeno quanto la mia tenuta da lavoro. Ha in mano una copia di «Les Échos» ed è completamente immerso nella lettura. Non è né bello né brutto, né vecchio né giovane, né grasso né magro. È un tizio qualunque seduto sul metrò. Leïla si toglie il berretto liberando una massa di riccioli scuri. Un boccolo ribelle le accarezza la fronte. Lei lo sposta con un gesto della mano. Il Signor Qualunque smette di leggere. Sono gli occhi neri di Leïla, che ogni mattina lei sottolinea con una riga di kajal, a turbarlo. Abbozza una virgola di sorriso, squadrandola con concupiscenza. Leïla sospira infastidita, alza gli occhi al cielo, sospira ostentatamente. Più il Signor Qualunque le sorride, più ha l'aria triste, più ha l'aria triste, più sembra insignificante. Leïla mi sussurra all'orecchio che se non la smette di lumarla come un venditore di bestiame tirerà fuori la sua arma speciale anti-rimorchio. Il Signor Qualunque continua. Leïla si toglie i guanti e mi mostra il numero tre con le dita della mano destra. Annuisco con aria ammirata e dico: «Tre. Complimenti».

«L'ultimo era un travestito ritrovato al Bois de Boulogne la notte scorsa. Aveva il viso lacerato con un taglierino. Troppo lavoro per iniziare stasera: l'ho rispedito in frigo. Me ne occuperò domani mattina.»

Il Signor Qualunque si sporge discretamente – almeno così pensa – in avanti per sentire meglio. La trappola si richiude su di lui. Leïla giubila. Ha preso in mano il suo primo cadavere alle dieci all'ospedale Saint-Antoine. Un tizio in moto, nel fiore degli anni, morto sul colpo in place du Colonel Fabien. Il casco è esploso nell'impatto. Risultato: scatola cranica sfondata, mento fracassato e naso a brandelli. Irriconoscibile, un vero orrore. Ha dovuto chiedere una fotografia alla famiglia per ridargli un aspetto umano. Poi di corsa nel XII arrondissement per sistemare un vecchio ritrovato morto nel suo letto. Il medico legale lo dava morto da tre giorni. La sua testa sembrava un'arancia ammuffita e perdeva ancora liquidi quando ha iniziato a lavorarci. Gli ha infilato un batuffolo di cotone nell'ano per bloccare la fuoriuscita di materia fecale. Il Signor Qualunque impallidisce, o forse è più che altro verdognolo, non colgo bene la sfumatura sotto le luci gialle del metrò. Tutto in lui – le palpebre che sbattono, il pomo d'Adamo che fa su e giù nella gola, le mani tremolanti – tradisce la paura della morte. Leïla, che non ha avuto nemmeno cinque minuti per pranzare, tira fuori dalla tasca del piumino una mela e la addenta con appetito. «E tu, quanti funerali oggi?»

Tiro su uno dopo l'altro il pollice, l'indice, il medio e l'anulare.

Leïla fa un gesto di approvazione col pollice alzato, poi si corregge: «Be', comunque, non c'è di che vantarsi, l'inverno è alta stagione per noi».

Il Signor Qualunque torna a barricarsi dietro il suo giornale finanziario per sfuggire allo sguardo nero di Leïla.

Alla Gare du Nord prendiamo la coincidenza con l'RER e scendiamo alle Halles.

5.

Fa freddo, una pioggerellina fastidiosa mi picchietta sulle guance e sento l'umidità che si infiltra nelle ossa attraverso il cappotto. Camminiamo a grandi passi tra le auto mal parcheggiate nelle stradine del quartiere di Montorgueil. In rue Montmartre mi fermo. Non ce la faccio più a seguirla. Voglio sapere dove stiamo andando. Leïla si gira, mi prende per mano e il suo viso si illumina mentre mi dice: «Ci siamo quasi. Sbrigati, che l'apertura straordinaria non dura mica tutta la notte».

Giriamo in rue Jean-Jacques Rousseau e dopo qualche metro siamo davanti alla vetrina di Louboutin, il famoso negozio di scarpe di lusso.

Il sorriso di Leïla è sempre più radioso.

«Ecco la mia sorpresa. Adesso entriamo e scegli il paio di scarpe che ti piace di più. È il mio regalo di compleanno.»

Sono commossa, colpita, ma anche in imbarazzo, perché non oso confessare che me ne infischio dei miei trent'anni. Vorrei poterle dire quanto preferirei festeggiare con una cenetta fra noi due single, come al solito. Ma mi mancano le parole. Allora rispondo con lo sguardo basso: «Sei pazza, non dovevi. Ti costerà un capitale».

«Ma no, solo quattro cadaveri. Cosa sono quattro cadaveri per la propria migliore amica?»

Le aggiusto il berretto sulle orecchie scoperte e le stampo due baci sulle guance. Arrossisce e spinge la porta del negozio.

C'è ressa per questa apertura notturna straordinaria. Una folla schiamazzante di radical chic impazzite per i saldi. Leïla va a caccia di una commessa e torna con una ragazza minutina dallo sguardo malizioso, una vera cerbiatta, insomma. Mi siedo su una poltrona zebrata gialla e nera, stile imperatore d'Africa, tolgo scarpe e calzini e mi arrotolo i jeans sui polpacci. La commessa valuta i miei piedi e mi consiglia due modelli, le Maudissima per via delle mie caviglie da ballerina e le Pigalle per la vernice nera che fa molto festivo e i dieci centimetri di tacco a spillo.

In un istante dimentico il compleanno e i trent'anni. Davanti alle Pigalle sono come una bambina. Quei trampoli mi fanno venire delle voglie da dominatrice. Ne infilo una, poi l'altra. La commessa si inginocchia, mi tasta il piede all'altezza delle dita e dice che mi vanno a pennello. E in tono confidenziale aggiunge: «È il modello preferito di Ranya di Giordania e di Jennifer, la cantante».

Faccio qualche passo dritto davanti a me sul tappeto rosso come le suole delle scarpe, poi di lato, all'indietro, giro su me stessa e chiedo a Leïla: «Allora, che ne dici?».

«A me personalmente piacciono di più le Maudissima. Possono essere sia eleganti sia da tutti i giorni. Le Pigalle, invece... portano bene il loro nome. Insomma, è la mia opinione personale, ma per me la vernice nera e i tacchi alti fanno proprio... hai capito.»

La commessa spalanca gli occhi, indignata. Io pure. Mentre me le tolgo per rinfilarmi i Dr. Martens vengo colta dai rimorsi. Mi precipito zoppicando, con le stringhe slacciate, verso la cassa e le propongo di pagare solo una scarpa e io l'altra, visto che non le piacciono. Mi risponde: «Ma neanche per sogno. Quando si vuol bene, non si vuol bene a metà... Comunque fanno proprio zoccola, cara mia».

Dopo Louboutin, finiamo la serata in un bar karaoke di rue des Victoires, dove ci sgoliamo urlando i testi scemi di Dick Rivers e di una sfilza di cantanti rock ampiamente fuori moda. Poi, tra i cincin, gli alla salute, ai tuoi amori, in alto i cuori e in culo alla balena, eccolo, il principe azzurro: boccoli scuri, occhi di velluto, sguardo tormentato. Sullo sfondo di una notte senza luna, canta: «*Marciapiedi bagnati / Ippocastani / Buonasera*». Nessuno ascolta. Nessuno canta. Solo io. Con le braccia incrociate sul tavolo, la gola stretta, canto ogni sua parola. Leïla, che mi vede allontanarmi da questo mondo, per riportarmi coi piedi per terra mi tende il suo mojito, tanto lei non riesce a finirlo. Lo bevo in un sorso e continuo con Julien Clerc: «*Coi miei ricordi d'infanzia / Ho fatto i trent'anni / Sono contento / Buonasera*».

Torniamo a casa con l'ultimo metrò, decisamente su di giri e deliziosamente malinconiche. Siccome non riusciamo a prendere sonno, Leïla se ne va in camera mia a dare un'occhiata all'armadio e torna con un vestitino dai colori estivi che avevo comprato per un appuntamento galante con un tizio che non si è mai presentato. Mi dice di metterlo per vedere se può andare con le mie Pigalle.

L'ascolto.

Non avrei dovuto. Il tempo ha preso il suo pedaggio, come si dice nei romanzi rosa. Ho messo su ciccia su fianchi e sedere e la cerniera non si chiude più. Me lo tolgo furiosa e lo lancio nel cestino. «Un vestito del lavoro andrà benissimo.»

«No, cara, mica puoi vestirti da Miss Pompe Funebri per il tuo compleanno. Domani te ne compro uno io. Uno aderente quel tanto che basta per farti guardare da tutti.»

«Non ho voglia di piacere a nessuno.»

«È una bugia. Tutti hanno voglia di piacere a qualcuno.»

Certo che è una bugia, certo che sogno una vita normale, con un uomo normale, per fare cose normali: andare al cinema o a mangiare fuori, sedersi al tavolino di un bar d'estate, andare insieme al mercato, parlare del più e del meno, litigare per delle scemenze, andare in vacanza, anche a Berck-Plage, mi accontento; una vita qualunque, insomma. Ma finora non ho mai avuto un fidanzato. Uno vero, intendo. Solo uomini sposati, svitati o frustrati. Nessuno si è mai fermato più a lungo delle sue bugie.

Apro lo scaffale della cucina e agguanto un tubetto di latte condensato, lo schiaccio a due mani e, con la bocca piena di pasta bianca e zuccherosa, le dico: «Non vedi che non mi sta mai bene niente? Sono brutta di faccia e di corpo. Pensi che un uomo normale potrebbe interessarsi a me?».

Leïla, che non sopporta il mio pessimismo, ribatte: «Tu non sei brutta; ti vedi brutta, è diverso».

«E cosa cambia?»

«Niente.»

Ride. Rido anch'io a sentirmi così stupida, così puerile. Ma è l'una di notte e ho il morale a terra, più a terra del più basso dei marciapiedi.

Prima di andarsene in camera, Leïla promette che riuscirà a sistemarmi il giorno dei miei trent'anni.

Prima di addormentarmi cammino in lungo e in largo per il salotto con le mie scarpe nuove e trovo che mi fanno dei bei piedi.

6.

Sono in due, seduti davanti a me. Lui, il volto cianotico, si tormenta le dita e si chiede cos'abbia fatto di male per restare vedovo poco dopo essere andato in pensione. Lei è la figlia. Più o meno la mia età. Una spilungona con gli occhi arrossati dal pianto. Porta un cappotto dal colore deprimente le cui maniche troppo corte lasciano scoperti due polsi gracili e ossuti. Io, con le mani aperte sulla scrivania, la schiena dritta, il collo leggermente proteso verso di loro, cerco di darmi un tono, perché sono proprio di umore nero, stamattina. Lui si allenta la cravatta e si passa una mano febbrile tra i radi capelli bianchi, soffocando il suo infinito dolore. Sua moglie se n'è andata all'una di notte, dopo trentacinque anni di matrimonio.

A quest'ora mi trovo grassa, brutta, sciocca. E quel tubetto di latte condensato mi ha messo lo stomaco sottosopra per il resto della notte. Colpa di Leïla: se non si fosse messa a frugare nel mio armadio, mi sarei addormentata con in testa la melodia malinconica di Julien Clerc e mi sarei alzata col cuore leggero. Invece non ho chiuso occhio prima delle tre. Sono stanca morta, e quando sono così stanca mi dà sui nervi tutto.

Lui singhiozza, abbassa la testa e si asciuga col pollice

le lacrime che scorrono sulle guance mal rasate. La figlia gli prende la mano e, con voce monotona, farfuglia pezzi di frase interrotti da lungi sospiri: «Il fegato, la cirrosi... È ingiusto, mamma non beveva... L'ospedale ci ha raccomandato di venire da voi. Ci fidiamo di lei, signora Reverdy. Il fegato... la mamma non beveva...».

Apre la borsa, una grossa sacca multicolore in tela e pelo di coniglio, e tira fuori il certificato di morte. Getto un rapido sguardo per memorizzare il nome della defunta. È il momento di illustrare le mie proposte di servizi funebri. È il momento in cui il cliente prende coscienza della realtà bruta del lutto. Ed è in questo momento che devo dare prova di empatia senza però lasciarmi andare ai sentimentalismi. La guardo dritto negli occhi e le chiedo con tono volutamente neutro: «Desiderate un funerale religioso, signora Legrandin?».

Annuisce e precisa che sua madre era cattolica praticante.

Prendo nota e proseguo: «Vi fa piacere che la cerimonia sia accompagnata da una musica classica, o preferite una canzone popolare?».

«Mamma è... era portoghese.»

È la prima volta che parla della madre al passato e la cosa la paralizza. Non dice più una parola, si vede che è a un passo dal sentirsi male. Lui alza la testa e dice che gli piacerebbe avere *Lisboa a noite* di Amalia Rodriguez, la canzone su cui si erano giurati fedeltà eterna. Non è tutto. Vuole che il funerale si tenga nella chiesa dei Portoghesi a Villiers-sur-Marne e che la moglie sia sepolta nel cimitero di quel comune, dove già riposa sua madre.

Prendo nota.

Altro?

Non capiscono.

Preciso: «A volte le persone lasciano disposizioni particolari per il momento della loro sepoltura. La settimana scorsa ho avuto qualcuno che voleva essere accompagnato dalle *Suites* per violoncello di Bach. Era un musicista. Ma capita di tutto. La signora Legrandin aveva qualche esigenza particolare?».

Mi rispondono con un'alzata di spalle infastidita.

È il momento cruciale: la scelta della bara. Giro lo schermo del mio PC verso di loro e clicco sulla cartella *Bare* per far sfilare le immagini dei i modelli disponibili su ordinazione nel giro di ventiquattro ore.

Sono ammutoliti dallo stupore. Classico. È l'effetto bara. Tutti, senza eccezione, ci immaginiamo stesi lì dentro, supini, col vestito della domenica e le mani giunte sull'addome, la pelle cerea, la bocca e gli occhi chiusi e quell'aria serena che fa sembrare l'ultima delle canaglie un benefattore dell'umanità.

Lui mi prega di spegnere il computer: preferisce vedere le bare dal vero, per toccare con mano la qualità dei modelli.

Padre e figlia mi seguono nella stanza attigua all'ufficio dove sono esposte sette bare di vari prezzi, dalla più economica a quella che costa tre volte tanto.

L'ambiente, rivestito di tappezzeria in velluto malva, è immerso in una luce seppiata che invita al raccoglimento. Lui si ferma davanti a ogni bara, tasta l'interno trapuntato, percorre il legno con la punta delle dita, soppesa le maniglie, mentre la figlia, affranta, resta ferma sulla soglia. Alla fine lui mi indica due modelli: la Chamonix e la Richelieu. Annuisco: «Queste sono più che bare, signor Legrandin, sono un omaggio supplementare al defunto».

Fa di sì con la testa. Poi fa no. Non sa decidersi, è confuso. Interroga la figlia con un cenno del mento: «Quale preferisci, amore?».

Lei, sempre più distrutta, esita ancora, quindi si rassegna a raggiungerci.

Sfioro con il dorso della mano il coperchio della Chamonix. È un modello di fascia media, in faggio chiaro, con imbottitura di seta dai riflessi champagne e maniglie in ferro battuto. È molto sobria: la consiglio alla clientela discreta della piccola borghesia. La Richelieu in rovere laccato, invece, è un modello di lusso. La seta fucsia, i cuscini rosa confetto, l'imbottitura di fibre immarcescibili, le maniglie d'ottone finemente lavorate fanno colpo su una clientela agiata, che ama i dettagli sgargianti.

Lui va dall'una all'altra, poi mi chiede i prezzi.

La Chamonix viene duemilaventicinque euro, cui bisogna aggiungere circa trecento euro per il simbolo religioso. L'altra viene tremilacinquecento euro, simbolo religioso compreso.

La figlia, sconvolta dalle mie tariffe, esce dalla letargia e apostrofa suo padre, sedotto dalla Richelieu: «Ma insomma, papà, il dolore ti rende poco lucido. Non corrisponde per nulla alla personalità della mamma».

«Tua madre merita senz'altro questo piccolo lusso per il suo ultimo viaggio.»

«Spendere una fortuna per questa cassa è un'indecenza.»

Descrive sua madre come una donna dal cuore buono, vicina agli ultimi, volontaria per la Croce Rossa. Umile, riservata, una santa, lontana anni luce da quella bara a cui, secondo lei, mancano solo festoni e paillettes.

Il cellulare mi suona in tasca. Vedo lampeggiare il nome di Leïla. Chiedo scusa ed esco dalla stanza per rispondere. Mi chiama da H&M per un'informazione: ha scovato un vestitino e una minigonna che dovrebbero starmi da Dio, ma non si ricorda più che taglia porto.

È sovreccitata: «Quarantadue? Quarantaquattro? Quale? Fai veloce, che se no finiscono le taglie, ne sono rimaste pochissime».

«Una minigonna? Ma hai visto le mie ginocchia? Mi prendi in giro? Non la posso mettere.»

Padre e figlia mi hanno raggiunta e discutono tra loro ad alta voce alle mie spalle.

Leïla non mi sente più e alza la voce. «Non dirmi che hai la quarantasei perché se no devo cambiare reparto.»

Si diverte, ride in modo convulso. Metto giù sull'orlo di una crisi di nervi. L'uomo, livido di collera, non molla; sua moglie se ne andrà nella Richelieu, o non se ne andrà. La figlia gli rimprovera di mancare di rispetto a sua madre chiudendola in una bara per arricchiti. A corto di argomenti, le mani tremolanti come ali di farfalla, lui balbetta: «Signora, lo dica lei a mia figlia che la Richelieu è un omaggio supplementare».

La figlia mi implora di ricondurre il padre alla ragione. Non ce la faccio più, inizio a innervosirmi, a diventare rossa. Propongo: «E se pensassimo alla cremazione? Forse metterebbe d'accordo tutti».

La parola cremazione li raggela. Alla fine lui abbassa le armi. La signora Legrandin se ne andrà in Chamonix.

Sospiro e aggiungo: «È la vostra scelta definitiva? Perché le bare non si possono restituire né cambiare».

Lo è.

Per le comunicazioni, le scartoffie amministrative, la data e l'ora del trasporto funebre, la fattura e via dicendo mi impegno a richiamarli al più presto. Non mi ascoltano più e se ne vanno, curvi sotto il peso del loro dolore, uno ormai vedovo, l'altra orfana per sempre.

In fin dei conti, è sempre la morte che vince. Tutto il resto sono inezie, diceva mio padre dopo aver concluso un affare. Saggezza spicciola da becchino, ma pur sempre saggezza.

7.

I miei ragazzi sono ripassati dal negozio a fine pomeriggio dopo due funerali, uno proprio di fronte al Père-Lachaise, l'altro al cimitero di Pantin. Abdelmoumen, Marcel, Lucas e Georges sono allegri, pronti a festeggiare fino a notte fonda il mio compleanno. Tutti tranne il vecchio Arthur, che preferisce non venire perché dopo le otto di sera si sente troppo stanco e si isola per fumarsi una sigaretta seduto sulla sua solita tomba.

Abdelmoumen, il mio braccio destro, fa lo spaccone davanti ai colleghi per ottenere l'onore del primo lento con me. Faccio finta di niente. Insiste. Finisco per cedere.

Ho appena messo piede in casa che Rose mi telefona. Ha due notizie da darmi. Una è brutta e l'altra sembra uno scherzo di pessimo gusto. Per quanto riguarda la prima, si scusa, ma non potrà accogliere gli invitati come sperava perché le hanno comunicato all'ultimo minuto che deve sostituire una collega con una brutta influenza. Appena finito il turno ha promesso a Étienne di passare a prenderlo all'ospedale dei Quinze-Vingt per venire insieme alla mia festa.

Ah, Étienne! Se n'è innamorata perdutamente prima, durante e dopo la loro cena. Ed è ben più di un amore di gioventù resuscitato: è l'amore del resto dei suoi giorni, ne è certa. Senza alcun ritegno mi racconta nel dettaglio la notte in bianco che hanno passato da lui. Solo a pensarci ha le farfalle nello stomaco, formicolii nelle gambe, fremiti nella vagina. Quanto alla seconda cosa che voleva dirmi... Be', qualora la sera del mio compleanno non riuscissi a trovare la metà della mia mela, mi consiglia di iscrivermi a Meetic. L'idea gliel'ha fatta venire un'infermiera del suo reparto che grazie a quel sito è riuscita finalmente a sposarsi dopo aver fatto da tappezzeria per tempo immemorabile a battesimi e matrimoni di amici e parenti.

Sconvolta. Sono sconvolta che si arroghi il diritto di occuparsi ancora della mia vita affettiva come se i nostri genitori le avessero lasciato il compito di vegliare su di me finché non mi fossi definitivamente accasata. Se fumassi, ora mi accenderei di sicuro una sigaretta per farmi passare il nervoso. Visto che non fumo, preferisco tagliare corto dicendo che ho da fare.

Vuole davvero che mi iscriva a Meetic! Ma se sono diciotto mesi che l'ho fatto e finora non ho incontrato altro che perversi narcisisti, uomini sposati, un agricoltore eliminato dal reality *L'amore è nei prati* e due frustrati incapaci di comunicare nella vita reale!

I frustrati non mi disturbano; lo sono anch'io, e non poco. È per uno di loro che avevo comprato il vestitino dai colori estivi. Ci eravamo scritti delle mail, degli SMS, spediti qualche fotografia. Mi trovava anonima ma commestibile. Io lo trovavo anonimo al massimo grado. Fin lì tutto bene. Di mail in mail, di SMS in telefonata, avevamo iniziato ad affezionarci all'idea che la somma delle nostre solitudini avrebbe potuto fare la nostra felicità. Era responsabile degli acquisti per una marca di prodotti surgelati. Io non avevo detto nulla del mio lavoro, perché so fin troppo bene quanta paura e rifiuto ispiri nelle persone. Quando aveva insistito per sapere come passavo le mie giornate a parte navigare su Internet per cercare single sui siti di incontri, gli avevo detto che facevo una professione d'aiuto. Aveva dovuto accontentarsi di quelle poche parole volutamente enigmatiche.

Alla fine ci eravamo dati appuntamento al Select, la grande brasserie in boulevard de Montparnasse, alle otto. Avevo aspettato a lungo, ma non era arrivato. L'indomani mi aveva spedito un mazzo di rose rosse con un bigliettino in cui si scusava di non poter dare seguito alla nostra relazione poiché aveva scoperto su Internet che gestivo un'attività di pompe funebri. Lo aveva demotivato da matti. Non si vedeva a condividere la vita con una becchina, fosse anche la proprietaria del negozio.

Dopo quella delusione cocente, avevo sospeso il mio account Meetic e non avevo mai più messo il vestito dai colori estivi.

Leïla torna sfinita dopo lo shopping da H&M mentre preparo panini al tonno e maionese per la nostra cena. Appoggia i sacchetti sul tavolo della cucina e tira fuori un vestitino elasticizzato nero, semplice, dritto dritto, sexy, su quello non c'è dubbio, e una minigonna di pelle rossa che scarto immediatamente.

Mi contorco per entrare nel vestitino elasticizzato.

Davanti mi segna la pancia e dietro mi fa un sedere grosso come un TIR.

Leïla dondola la testa con una smorfia e dice: «Devi smetterla di buttarti sui Curly e il latte condensato appena hai un problema».

Sono d'accordo con lei. Per farla contenta mi infilo anche la minigonna di pelle rossa. È una roba da far paura, da far pietà, da far ridere. Non vedo altro che le mie grosse ginocchia, i fianchi troppo larghi, i polpacci di un bianco quasi fluorescente. Prova a infilarla pure Leïla: le sue lunghe gambe scure staccano a meraviglia con il rosso del cuoio. Gira su sé stessa, inarca le reni, sculetta e mi chiede cosa ne penso.

Sospiro d'invidia.

Finiamo di mangiare i panini mezze nude, parlando di tutto e di niente, io di sepolture, lei di cadaveri rattoppati. Poi Leïla va a dormire, portando con sé il cestino del cucito e il vestitino nero per cercare di allargarlo entro domani sera.

Apro la finestra della cucina e respiro l'aria fredda della notte cercando di dimenticare la giornata schifosa che ho appena passato. In lontananza le campane della chiesa di Saint-Jean suonano la mezzanotte.

Inizia un nuovo giorno. Canticchio: «*Promettimi di rimanere in silenzio / Coi miei ricordi d'infanzia / Ho fatto trent'anni / Sono contento / Buonasera...*».

8.

Il grosso orologio quadrato del pont de Crimée segna le diciannove e cinque. Sarà più di un quarto d'ora che percorriamo la banchina del quai de la Loire, nel freddo, nel vento, sotto una pioggerellina sottile e insistente, alla ricerca della *Paloma*. Ci fermiamo davanti all'ennesima chiatta ormeggiata di fronte al cinema MK2, leggo la placca d'ottone lustrata sul fianco dell'imbarcazione: niente, anche questa non è la *Paloma*.

Non ne posso più. Ho male ai piedi, alle caviglie, ai polpacci, alle ginocchia. Ho l'impressione che il sangue non circoli più. I miei piedi stanno per esplodere, è certo. Mi do per vinta, zoppico fin sotto la tettoia del bar des Beaux Gosses della Villette e mi siedo sulla prima sedia a portata di chiappe. Tolgo le scarpe e mi massaggio piedi e caviglie. Che goduria!

Leïla si tira il cappuccio del piumino sulla fronte per proteggersi dalle raffiche di vento e sorride coi suoi denti impeccabilmente allineati. «Camminare su un tacco dieci è un'arte; non si improvvisa.»

«Non mi fanno male, ho solo bisogno di riprendere fiato un attimo.»

Già, certo... In realtà ho i piedi agonizzanti e i polpacci così duri e nodosi che sento che sta per venirmi un crampo. Se potessi, le chiederei di portarmi a spalle. Leïla si rivolge a uno dei camerieri, venuto a ritirare sedie e tavolini dentro il bar, per chiedergli se sa dove si trovi la *Paloma*. Lui la guarda con occhi ammirati, il suo sguardo si arresta sulla minigonna sistemata molto alta sulle cosce, poi indica con un gesto vago una chiatta, l'ultima ormeggiata prima dell'imponente edificio della vecchia dogana di Parigi, su cui nel blu della sera scintillano festoni di lucine bianche e rosse.

Mi infilo le scarpe pensando che la serata non è ancora cominciata e già non riesco più a mettere un piede davanti all'altro. Leïla mi prende sottobraccio e ci avviamo piano piano verso la *Paloma*.

Un uomo dalla carnagione cotta dal sole, bellissimo nella sua uniforme da marinaio per balera galleggiante, ci accoglie all'inizio della passerella. Dà una veloce stretta di mano a Leïla, poi si toglie il berretto bianco con galloni dorati, mi prende la mano e la bacia dandomi il benvenuto a bordo.

«Grazie, signor...»

Lui preferisce che lo chiami capitano Henri.

«D'accordo, capitano Henri.»

«Grazie, signora Reverdy.»

«Mi chiami pure Adèle», dico con un sospiro.

Sul ponte di legno debolmente rischiarato da luci color ocra, il capitano Henri si schiarisce la voce, si appoggia al parapetto e ci riassume la storia della *Paloma*, una chiatta di origine fiamminga che ha trasportato i carichi più svariati in lungo e in largo per i canali d'Europa fino a quando lui non l'ha acquistata alla fine del secolo scorso per farne un salone da feste per matrimoni, compleanni e tè danzanti nel pomeriggio per i più anziani. Leïla borbotta che non gliene importa un fico di tutte quelle chiacchiere. Il capitano Henri l'ha sentita benissimo, ma prosegue imperterrito il suo discorso sotto la pioggia sottile che gli picchietta sulla corta barba biondo-rossiccia. La stiva della *Paloma* è stata trasformata in discoteca con bar, impianto stereo e consolle hi-tech per il DJ.

Che altro?

Ah, sì, hanno ingaggiato due hostess per far ballare i più timidi della festa.

Ai piedi della scala a chiocciola che porta alla sala da ballo, un divanetto di velluto rosso sembra non aspettare altro che il mio sedere. Da lontano, indovino le note delle *Quattro stagioni* di Vivaldi remixate in versione sottofondo d'aeroporto. Vicino al bar un cameriere in livrea aiutato da giovani apprendisti acneici e volonterosi finisce di dare gli ultimi ritocchi al buffet.

Le diciannove e trenta.

Il capitano Henri ci invita a metterci comode in attesa degli ospiti. Una hostess, uscita da chissà dove, ci libera delle borse, del piumino e del cappotto.

Irresistibili: il capitano Henri ci trova semplicemente irresistibili, io nel mio abitino nero elasticizzato aderente al corpo nei punti giusti e Leïla nella sua minigonna rossa che svela due lunghe cosce da cui lui non riesce a staccare lo sguardo.

Avanzo a piccoli passi e mi fermo in mezzo alla pista da ballo, proprio sotto la palla stroboscopica. All'improvviso mi accorgo che mi gira la testa, ho un nodo allo stomaco, tremo, ho freddo, ho paura. Paura di rivedere gli ex compagni di università di Jussieu e del liceo Arago, paura di trovarmi di fronte ai miei vecchi ricordi, alle mie nostalgie, paura di risvegliare antiche ferite, paura che mi trovino invecchiata male, paura di me stessa, paura di tutto. Vorrei non compierli mai, questi trent'anni.

Un cameriere passa con un vassoio d'argento pieno di coppe di champagne, Leïla ne afferra due e le vuotiamo in un sol colpo. Lei per placare la sete, io per cercare di stordirmi e non pensare più.

Le venti.

Il capitano Henri ci lascia sole davanti a un buffet generoso di affettati, stuzzichini, ciotoline di frutti di mare e *crudités*. Leïla prende tra le dita un salatino alle acciughe e mi squadra con soddisfazione. «Davvero carino il vestito. Puoi essere fiera di me. Se stasera non rimorchi il maschio più bello della festa, possiamo perdere le speranze. E tu come mi trovi?»

«Bella e un filo volgare. Una vera trappola per maschi.»

«Non sono mica venuta a fare l'uncinetto.»

Prendo un'altra coppa di champagne e di nuovo la vuoto d'un sorso. È fresco, sale dritto alla testa, anestetizza un po', proprio quel che serve. Prova ne è che non sento più i piedi.

Le venti e quindici.

Arriva Caroline. Ci siamo salutate l'ultima volta un mattino di giugno nel cortile del liceo dove aspettavamo, fumando impazienti, i risultati della maturità. Era la più bella della classe e lo è rimasta, bella. Anche più di quanto non ricordassi. Si vede che è un po' a disagio di essere arrivata per prima. Mi tende un bouquet di rose bianche circondate da felci. Ci baciamo sulle guance. Sono stupita e colpita che si sia spostata per me. Mi risponde che io avrei fatto lo stesso per lei, o almeno spera, poi mi fa notare, non senza una punta di fastidio nella voce, che ha preso l'RER da Bourg-la-Reine, dove vive con marito e bambini – ne ha tre –, e ha cambiato due volte metrò per arrivare fin qui. Ma non lo rimpiange per niente, è una gioia rivedere la propria migliore amica. Sorrido educatamente, perché non la considero proprio allo stesso modo. All'epoca era piuttosto altezzosa, inaccessibile per una ragazza comune come me.

Lei indietreggia di un passo, spalanca gli occhi ed esclama: «Allucinante! Con gli anni sei diventata la fotocopia di tuo padre. Il naso, la bocca, gli occhi, tutto! Hai perfino i suoi modi di fare». Prende un bicchiere di succo d'arancia, brindiamo e aggiunge: «Rose non mi ha detto se eri sposata. Sei sposata?».

«Niente marito. Niente bambini. Sola.»

«Non sai quanto sei fortunata, Adèle. Se tornassi indietro, farei come te: sceglierei la libertà.»

Iniziano ad arrivare altri invitati, da soli o a coppie, ognuno con il suo mazzo di fiori o il suo pacchetto rettangolare dentro cui indovino l'ennesima scatola di cioccolatini.

Leïla gestisce il flusso degli arrivi. A qualcuno suggerisce una pausa al bar o al buffet, a qualcun altro due salti in pista mentre il DJ scalda la sala con un po' di musica disco degli anni d'oro. Obbediscono, docili, e mi salutano con un piccolo gesto della mano.

Pierre, un vecchio compagno dell'Arago, si sottrae alla regola, spintona tutti per arrivare fino a me, mi abbraccia e giura che sono cambiata in meglio. Non so cosa dire di fronte a quell'eccesso di affetto un po' forzato e rispondo imbarazzata: «Tu non sei cambiato per niente. Ti sei forse ibernato per tutto questo tempo?».

«Bugiarda, metto su due chili all'anno. Sto per arrivare al quintale. E sai di chi è la colpa?»

Gira lo sguardo verso la moglie, una piccoletta con ispidi capelli gialli, occhi altrettanto gialli e l'aria sfinita, che naviga in una pelliccia di visone impreziosita da una spilla di diamanti. Ci baciamo sulle guance, poi mi offre il suo mazzolino di violette e si defila discretamente all'indietro, fino al buffet.

Arrivano anche Philippe, Anne, Stephanie, Laurent, Yasmina, Christine, Ali, Marc, Roxane, Hubert, tutti compagni di università. Beviamo, brindiamo, tiriamo fuori dalla naftalina i ricordi, apriamo parentesi senza richiuderle, abbozziamo qualche passo di danza per mostrare che non abbiamo perso niente dei nostri vent'anni, ri-brindiamo agli amici ritrovati e concludiamo che il tempo che passa non lascia alcun segno su di noi.

A forza di dirlo in tutti i modi, diventa quasi ridicolo.

Ecco Xavier.

Lo avevo lasciato secco come un'acciuga, i capelli lunghi raccolti in una specie di crocchia, vestito, in qualunque periodo dell'anno, con la sua tenuta d'ordinanza: T-shirt con slogan anticapitalisti, antirazzisti, antinucleari, anti-Lara Fabian. Oggi è compassato in un elegante abito blu scuro di bella fattura, ha accumuli di grasso sul collo e sulle palpebre, un naso turgescente e, per completare il tutto, una pancia da far invidia a un gestore di bar tabacchi. Si asciuga le labbra carnose come lumache sulle mie guance; odora di Pastis e di sudore serale.

All'ultimo anno del liceo ero innamorata pazza di questo tizio perché era uno impegnato, un facinoroso; nutriva un'ammirazione sconfinata per Olivier Besancenot della Lega Comunista e si era autoproclamato il Che Guevara della scuola, il che faceva ridere alcuni, preoccupare altri, ma in generale lasciava del tutto indifferenti la maggior parte degli studenti del liceo, che non prestavano grande attenzione alle sue elucubrazioni.

Nei weekend mi trascinava per cortei e manifestazioni di ogni genere, di cui di solito ignoravo perfino le motivazioni. Ma lo seguivo, perché senza di lui la mia vita era più triste dei vialetti del Père-Lachaise. Ero così affascinata da lui che mi sarei buttata come un kamikaze sotto il metrò se me l'avesse chiesto.

Tiene la mia mano nella sua. È una mano flaccida da *guerrillero* in panchina.

Mi dà fastidio.

Se ne accorge e la lascia andare. Mi sorride. Gli sorrido a mia volta e gli chiedo con voce un po' malferma: «Allora, Xavier? Cosa fai nella vita? Sempre a sinistra, qualunque cosa accada, e che quegli stronzi dei padroni si guardino alle spalle?».

Il suo sorriso si irrigidisce un po'. «Ti devo deludere. Gestisco il bar tabacchi in place Voltaire, quello dove andavamo di pomeriggio quando bruciavamo a scuola.»

Gli do un colpetto con la mano sulla pancia grassoccia. «Vedo che quello che hai perso in ideali lo hai preso in ciccia. Non farmi preoccupare: hai votato Hollande alle ultime presidenziali, vero?»

«Be', certo. E tu?»

«Marine Le Pen al primo turno; Sarkozy al secondo.»

«Sarko? Non ti starai mica convertendo?»

«Tu non trovi che ci siano troppi neri e troppi arabi in giro?»

«Certo che con tutto il tempo che ho speso per la tua educazione politica, mi cadi così...»

«E tu allora? Ne è valsa proprio la pena di trascinarmi per tutte le manifestazioni di Francia e finire a vendere alla gente alcol, sigarette e gratta e vinci!»

Incassa il mio colpo basso un po' imbarazzato, un po' rassegnato. Vorrei riuscire a confessargli la verità: che ho mentito, che sono una cattiva cittadina, una cattiva francese, una cattiva repubblicana, che non sono andata a votare perché le sue elucubrazioni trotskiste mi hanno fatto venire il disgusto della politica per sempre. Ma sto zitta. Ho paura che pensi che ho lo stesso carattere di merda di quando avevamo sedici anni.

Un cameriere ci porta una coppa di champagne, brindiamo alle nostre illusioni perdute, agli anni che sono passati senza che ce ne accorgessimo e a tutti quelli che si sono scomodati per i miei trent'anni. Poi, all'improvviso, tabula rasa, non abbiamo più nulla da dirci. Distoglie lo sguardo e gira la testa per ammirare Leïla che si scatena al ritmo di *Staying Alive.* Scuote spalle, fianchi, seno, facendo oscillare la capigliatura color ebano, mentre Hubert, fuori di sé, si agita meglio che può per scimmiottare Travolta. Xavier è così catturato dai movimenti pelvici di Leïla che rimane a bocca aperta. Mi chino verso il suo orecchio e gli dico: «Vuoi che te la presenti?».

«Ma va'. Guardo così, solo per il piacere degli occhi. Lo sai che mi sono sempre piaciute le belle donne.»

«Ah, è per questo che mi hai sempre trascurata...»

Ridicola. Grottesca. Sono ridicola e grottesca a tirar fuori così le mie amarezze da liceale frustrata. Xavier estrae dal portafoglio il suo biglietto da visita, mi accarezza la nuca e mi invita a recuperare il tempo perduto nel suo appartamento sopra il bar tabacchi.

Ripugnante. Pietoso. È davvero ripugnante e pietoso il mio primo amore.

Giro i tacchi.

Abdelmoumen, Marcel, Luc e Georges avanzano in fila indiana, le mani in tasca, intimiditi da tutta quella gente che beve, che ride, entusiasta di rievocare il passato. Cercano di farsi strada verso di me, ma Leïla, che ha terminato il suo show, li trascina verso il bar.

Qualcuno mi dà una manata sul sedere. Sobbalzo, mi giro: è lo zio André sottobraccio con la sua nuova tipa, una ragazza che avrà suppergiù la mia età, forse meno. Mi abbraccia e mi augura tutta la felicità del mondo, anche di più, se possibile. In tutta risposta gli rimprovero di non venire mai a trovarmi. Ammette, tira in ballo il lavoro – morti, sempre morti: dirige le grandi pompe funebri proprio di fronte al cimitero di Montparnasse – e, terminate le scuse e le flagellazioni, mi presenta la sua nuova compagna. Si chiama Nina. È mora, carina di viso, con un bel sorriso e una carrozzeria di tutto rispetto. Arriccia il nasino e con la fronte contratta, come se stesse riflettendo intensamente, mi chiede cosa faccio nella vita.

Lancio allo zio André uno sguardo d'intesa e rispondo: «Nella vita, niente. Io faccio nella morte».

Lo zio André ride.

Rido anch'io.

Lei alza gli occhi al cielo, costernata da quella risposta che davvero può far ridere solo noi lavoratori del business post-mortem.

Mi riprendo. «E tu, Nina, cosa fai nella vita?»

Abbassa lo sguardo. Come tutte le altre donne che

sono passate nella vita di mio zio, il suo lavoro è soddisfare i suoi capricci in cambio di ampie disponibilità di denaro, promesse di matrimonio e gite a Deauville nelle domeniche di bel tempo.

Mia madre non amava per niente suo cognato. Lo trovava volgare di cuore, di spirito, di vestiti e di abitudini. E invecchiando non è cambiato in nulla. Coi suoi jeans finto-usati, le camicie tese sulle carni molli, gli anelli d'oro, la pelle cotta dai raggi UV e i poveri capelli tinti di castano scuro, è l'emblema del sessantenne che ogni mattina corre contro il tempo che corre più veloce di lui. Eppure gli voglio bene. Lo adoro, per essere precisi.

Dopo la morte dei miei genitori io ero alla deriva, stavo imbarcando acqua, ero lì lì per affondare. Rose, presa nei suoi studi di medicina, voleva liquidare l'attività di famiglia per comprarsi un appartamentino con la sua parte di eredità. Io avevo mollato l'università, volevo scappare via da Parigi.

Per andare dove?

Non lo sapevo.

Sparire, avevo solo quello in testa.

Di fronte alla verità fuggivo. Come sempre.

È stato lo zio André a rimettermi in carreggiata. Con il suo humour mi ha insegnato a venire a patti con me stessa. Mi ha trasmesso il suo amore per il mestiere, cosa che i miei non avevano mai voluto fare, perché speravano per me un avvenire più luminoso.

Quale?

Non ne avevano in mente uno in particolare. Semplicemente mi vedevano lontana dalla «grande mietitrice», dai crematori e dai cipressi dei cimiteri.

Lui mi ha insegnato la bellezza dei crisantemi, delle

felci e dei fiori artificiali. Mi ha insegnato la bellezza dei giorni piovosi e delle mattine di Ognissanti. Mi ha insegnato che, come la levatrice apre la porta del mondo ai vivi, il becchino, semplicemente, la richiude. Mi ha insegnato la compassione, l'empatia, le parole giuste per dare conforto a famiglie sprofondate nel dolore. E mi ha anche insegnato alcune tecniche per rimorchiare gli uomini, che si sono rivelate terribilmente inefficaci.

Nelle domeniche di sole mi caricava sulla sua Mercedes cabrio rossa fiammante, direzione Deauville. Mentre camminavamo sulle assi di legno della passeggiata, mi parlava di mio padre, che aveva amato come sé stesso, e di mia madre, che invece aveva sempre cordialmente detestato. Mi parlava della necessità che io raccogliessi il testimone dei Reverdy, visto che nessuna donna lo aveva sopportato abbastanza da dargli una discendenza. In quei momenti di serietà vedevo mio zio sotto una luce diversa, non più solo come un playboy avvizzito per ragazzine squattrinate.

Ha gestito per un po' la nostra impresa, poi un giorno ci ha convocate, me e mia sorella, per una riunione di famiglia e ci ha messe di fronte alle nostre responsabilità: vendere o prendere in mano l'attività, bisognava scegliere. Rose ha dichiarato senza esitazione che, se io me la sentivo di mandare avanti il negozio, avrebbe continuato a stare in afflitto nel suo monolocale e si sarebbe accontentata di ricevere la sua parte di dividendi ogni anno.

In quel periodo, io non avevo voglia di niente. Soprattutto non di occuparmi di pompe funebri. Nessuno sogna di lavorare con i morti. Nessuno. Dato che entrambe non ci sentivamo di proseguire l'attività, lo zio

André ci aveva proposto di vendere a un collega interessato a espandere il suo giro d'affari al Père-Lachaise.

Ho sentito un brivido e ho chiuso gli occhi pensando a mamma e papà. A papà, soprattutto. Mi sono ricordata che era un po' più affezionato a me che a Rose, forse perché si sentiva in colpa di avermi fatta tanto simile a lui. Mi sono tornate in mente la nostra complicità e le risate a tavola la domenica. Io e lui avevamo formato il club dei brutti di famiglia, e la cosa ci legava incredibilmente. Mi sono ricordata di quanto gli piaceva il suo lavoro, di com'era contento ogni mattina andando in negozio. Mi sono ricordata anche che lui era il mio eroe, di gran lunga più grande e più forte di tutti gli zii André e gli Zorro del quartiere. E, naturalmente, sono stata di nuovo assalita dai rimorsi, come ogni volta che mi rivedo a poltrire al caldo nel mio letto la mattina dell'incidente. Prendere in mano l'attività era come chiedere loro scusa, farli sopravvivere in qualche modo, rendere loro omaggio.

È stupido colpevolizzarsi in questo modo, lo so, ma è la mia natura, sono così, non posso farci niente.

Ho riaperto gli occhi e ho detto: «Lo prendo io, il testimone».

L'indomani zio André ha fatto mettere una targa di marmo davanti al negozio. C'era scritto, in lettere dorate: IMPRESA DI POMPE FUNEBRI REVERDY E FIGLIA.

9.

Le luci violente della palla stroboscopica che hanno ritmato il profluvio di canzoni da discoteca scemano lentamente lasciando il posto a un'illuminazione più dolce e soffusa studiata apposta per i lenti.

Lo zio André mi afferra per la vita e mi trascina in mezzo alla pista mentre il DJ annuncia che questa bisognerà ballarla stretti stretti. Lo supplico di lasciarmi stare perché i miei piedi invocano pietà. Ma non sente ragioni. Fin dalle prime note riconosco *Je t'aime,* il grande successo di Lara Fabian.

Nelle serate del liceo era sempre con *Je t'aime* di Lara Fabian che tutti si mettevano a pomiciare e a limonare. Io ci avevo provato con Xavier. E ogni volta mi aveva respinta perché riteneva che scambiarci la saliva strusciandoci nei quattro minuti e tre secondi della canzone fosse una cosa davvero pietosa. Preferiva rifugiarsi nella birra, nell'hascisc e meditare nel suo angolo sulla rivoluzione, mentre io facevo da tappezzeria invidiando le coppie che si scambiavano lunghissimi baci languidi.

Pierre ha piantato sua moglie davanti al buffet e si avvicina a Nina sola al bar; le fa un sorriso, poi con gesti inequivocabili la invita a ballare con lui *Je t'aime.* Lei accetta. Lo zio André vede rosso e mi molla in mezzo alla sala per andare a scacciare l'importuno che è andato a cacciare nel suo territorio.

Mi sento posare una mano sulla spalla. È Abdelmoumen. Non lo avevo visto arrivare. Mi ricorda che gli avevo promesso il primo lento della serata. L'alcol ha fatto cadere tutti i suoi freni inibitori; mi stringe e canta: «*Ti amo / Come un pazzo / Come un soldato...*».

Appoggia la sua guancia contro la mia, mi si incolla al seno, si strofina contro il mio bacino e mi cammina sui piedi sussurrando: «Capo, se ha bisogno di un uomo, un uomo vero, sa che può contare su di me».

«Certo che posso contare su di lei, è un impiegato modello.»

«No, voglio dire di un uomo con cui potrebbe passare dei bei momenti. Abdel e Adèle sono due nomi che stanno molto bene insieme, no?»

«Si riprenda, Abdel, pensi a sua moglie e ai suoi figli.»

«Ho voglia di lei, capo, adesso, subito. Possiamo andare a farlo sul ponte, sotto le stelle, se vuole.»

Ho i suoi piccoli occhi grigi, le sue larghe narici e i baffetti – un tipo a metà tra Stalin e Hitler – vicinissimi alla bocca. Lo respingo. Mentre Lara Fabian piagnucola le sue ultime parole d'amore, Abdelmoumen, pieno di vergogna, allenta la stretta e inizia a biasciare: «Mi scusi, capo, è che ho bevuto un po' troppo. Il nostro profeta ci vieta di bere proprio per evitarci di fare sciocchezze. Avrei dovuto ubbidire».

«È scusato, ma la prossima volta ascolti il suo profeta. È molto saggio.»

Mi appoggio alla sua spalla per farmi accompagnare al divanetto di velluto rosso rimasto libero. Mi siedo.

Lui mi fissa tristemente, poi con passo strascicato va a raggiungere i colleghi che parlano fitto con le hostess.

Le ventitré.

Finalmente, ecco arrivare Rose. Scende la scala a chiocciola seguita da Étienne. A parte i capelli bianchi che hanno fatto la loro comparsa sulle tempie e due rughe agli angoli della bocca, è esattamente come lo ricordavo. Rose mi bacia, mi chiede come va la festa, se mi sto divertendo, se sono contenta di aver rivisto i miei amici, ma non la sento nemmeno. Guardo dietro di lei quel bel giovane con gli occhiali scuri, neri come la sua pelle, che tasta col bastone bianco l'ultimo gradino. Anche Étienne mi bacia sulle guance, due bacini per parte, ma nemmeno me ne accorgo; mi augura buon compleanno, non sento nulla. Ormai non vedo altro che quel ragazzo di colore. Étienne si gira, lo prende per il braccio, lo presenta: si chiama Léo.

Léo sorride e il suo sorriso è un sole che mi attraversa il cuore. Sento la cassa toracica che si comprime, mi manca il fiato, sono in apnea. Mai provato niente di così violento, di così brutale.

Rose continua a parlarmi.

Parlarmi di cosa?

Non lo so.

Non sento nulla.

Sono solo vertigine.

Étienne attira Léo sul divanetto di velluto rosso e va a raggiungere Rose, che nel frattempo è andata a prendersi qualcosa al buffet in compagnia di Leïla.

Mi siedo accanto a lui e mi presento. Mi tende la mano, gliela stringo e gli domando: «Lei è un amico di Étienne?».

«Sì, un amico, ma anche uno dei suoi pazienti. Oggi

ero l'ultima delle sue visite. Non sapevo cosa fare stasera e lui e sua sorella hanno pensato gentilmente di invitarmi al suo compleanno. Secondo loro mi avrebbe fatto bene vedere un po' di gente.»

Ridacchia della sua battuta.

La musica si ferma di colpo, la palla a specchietti multicolori smette di girare, si sente qualche mormorio, qualche scoppio di risa, poi il silenzio. Ora gli unici rumori sono gli scricchiolii del parquet e il ronzio della caldaia che sale dalle viscere della *Paloma*. Il capitano Henri prende il microfono dalle mani del DJ e, con lo sguardo rivolto verso di me, annuncia con voce consumata dall'esperienza che è arrivato il momento di festeggiare il mio compleanno.

Leïla lancia degli «yooo-hooo».

Gli invitati applaudono.

Non so proprio che dire, allora soffio qualche bacio sul palmo della mano a destra e a sinistra, come una star del cinema, mi tolgo le scarpe, che ormai non sopporto più, e vado a piedi nudi fino al buffet dove i due apprendisti e il loro maestro stanno fieri e impettiti accanto alla mia torta. È una piramide di bignè alla crema ricoperti di coulis di frutti rossi, con in cima due candele rosse a forma di numero: tre e zero.

Soffio via in un sol colpo i miei trent'anni, accecata dai flash di macchine fotografiche e smartphone. Recito la parte di quella felice, sorrido a trentadue denti. Mi cantano: «*Happy birthday, Adèle*», battono i piedi, battono le mani, scandiscono il mio nome; vogliono un discorso.

Arrossisco, faccio un passo avanti e dico che mi mancano le parole per esprimere la sorpresa e la commozione nel vederli tutti lì riuniti, solo per me; mi verrebbe subito da piangere.

So che sono parole banali, già sentite in tutti i compleanni di chi come me non è molto bravo coi discorsi, ma almeno sono sincere.

Mi piacerebbe ringraziare Rose, dedicare un pensiero a mamma e papà che da lassù devono essere orgogliosi di avere due figlie che si amano più di due sorelle, ma l'emozione è troppa, perciò sorrido e dico solo: «Grazie... grazie mille».

Ed ecco, sento gli occhi che mi pizzicano. Devo avere veramente un'aria buffa con un pezzo di torta in mano e le lacrime che mi scendono per le guance.

Per fortuna la musica riparte all'improvviso e la palla riprende a girare ancora più veloce di prima, gettando sugli invitati raggi di luce d'oro e d'argento.

Leïla viene a baciarmi e tutti si mettono in fila per augurarmi un fidanzato al più presto, dei bambini per dopo e una salute di ferro per portare avanti la famiglia.

Rose mi stringe tra le braccia, visibilmente felice. Un cameriere ci tende una coppa di champagne. Brindiamo. Beviamo, Piangiamo. Ridiamo. D'un tratto il suo volto prende un'espressione seria che non le ho mai visto e dice: «Vorrei proprio che tu fossi felice, sorellina. Che tu trovassi qualcuno che ami e che ti ama. Che tu avessi la vita sentimentale dei tuoi sogni, ma basterebbe anche una vita sentimentale normalissima. Mi farebbe stare più tranquilla. Capisci?».

A momenti mi va di traverso lo champagne. Non sopporto che si immischi nella mia intimità, per di più davanti a Étienne, che non smette di accarezzarle la vita per riportarla in pista a ballare. Ahimè, mia sorella ha più che ragione: basterebbe una vita sentimentale qualunque, anche piatta, senza grandi passioni, a darmi l'illusione di non essere più un corpo morto.

Il DJ alza il volume per farci scatenare su un pezzo di hip-hop e le insistenze di Étienne vanno finalmente a buon fine.

Mezzanotte e mezzo.

Prima di salutarci, lo zio André ci promette che verrà presto a farci visita.

Quando?

Non lo sa, ma giura che lo farà: parola di becchino.

Mangio un pezzetto della mia torta, ma devo fermarmi: ho lo stomaco annodato, sono come magnetizzata da Léo, ancora seduto da solo sul divanetto di velluto rosso.

Mi siedo accanto a lui, lo guardo e penso che nessuno può meritare di essere cieco, tanto meno lui.

Le nostre spalle sono vicinissime, si sfiorano, e il mio cuore si mette a battere all'impazzata al contatto con la sua pelle. Mi appoggia la mano sul braccio: «È di nuovo qui, Adèle?».

«Pensavo, insomma... credevo che lei non vedesse niente.»

«A volte riesco a distinguere la luce del giorno dalla notte, ma per la maggior parte del tempo vedo solo un grigiore unico in cui distinguo a malapena i contorni delle cose. Il resto lo intuisco. Lei, per esempio, si capisce lontano un miglio che è stressata.»

«Sì, è per la festa.»

«Non le piace ballare?»

«Sono un po' rigida, e poi oggi i piedi...»

Alza la mano nera e me la appoggia a palmo aperto sulla coscia. Mi viene la pelle d'oca, lui ride, poi mi dice: «Le faccio un massaggio, le va? Le darà sollievo. Mi dia il piede sinistro. Bisogna sempre cominciare dal lato del cuore».

Esito un po'. Insiste. Cedo e appoggio il piede sul suo ginocchio muscoloso.

Comincia a massaggiarmi col palmo della mano, in modo che mi abitui al suo tocco. Fa dei piccoli movimenti circolari in un senso e nell'altro attorno alla caviglia. Poi la appoggia tra le sue ginocchia e passa le lunghe dita affilate tra le mie dita del piede. Le massaggia a una a una facendole ruotare tra il pollice e l'indice, dalla base verso la punta. Poi le piega avanti e indietro. È una meraviglia, una vera delizia. Prende l'altro piede, e stavolta è ancora più dolce, sono piena di brividi... Non potrei dire di essere proprio rilassata, piuttosto in uno stato di grandissimo turbamento. Finisce accarezzandomi i talloni e dicendomi di non pensare più a nulla, di fare il vuoto nella mia testa, di respirare piano e profondamente. Ma io non ci riesco, ho freddo, ho caldo, sono tutta un fermento. Riappoggia i miei piedi sulle sue cosce e mi domanda se va meglio.

«È stato bellissimo. Dov'è che ha imparato a massaggiare così?»

«Alle Terme del Paradiso, l'hammam di via Cité Paradis. È lì che ho incontrato Étienne... cioè il dottor Drumont. È un cliente affezionato delle terme.»

«Non mi ha detto che è un suo paziente?»

«Sì, ma sono prima di tutto il suo massaggiatore. Un giorno gli ho detto che cercavo un nuovo medico per gli occhi e mi ha proposto di andare da lui.»

Il DJ mette un lento, l'ultimo, per chiudere la serata. Léo si irrigidisce sentendo i singulti di armonica e la voce vibrante d'emozione della cantante.

È la canzone di *Bagdad Café*, un film che ha visto al cinema da piccolo con sua mamma. Rivede una strada del deserto del Mojave, venti che alzano polveri azzurrate, una macchina del caffè malandata, una cameriera nera dai capelli arruffati, una tedesca in carne con una grossa valigia di cartone e tramonti dai colori d'incendio. Canticchia: «*I'm calling you... Can't you hear me*».

Rose e Étienne sono rimasti gli unici a oscillare languidamente sulla pista da ballo, tutti gli altri sono al bar. Quanto ai miei ragazzi, che si sono annoiati tutta la sera, se la sono data a gambe per concludere in una bettola di Belleville dove Abdelmoumen è un cliente abituale.

Mi piacerebbe trascinare Léo stretto contro di me nel deserto infuocato del Mojave, ma non oso. Resto addossata alla sua spalla e canticchio con lui: «*I'm calling you...*».

L'una del mattino.

La festa è finita. La palla stroboscopica multicolore non gira più, la luce d'atmosfera è sostituita da quella fredda e cruda dei neon. Leïla e Hubert se ne vanno a braccetto senza salutare nessuno, Il capitano Henri mi dice che fiori e regali mi saranno recapitati a casa al più presto.

Sul ponte della *Paloma* ringrazio ancora gli ex compagni dell'università e del liceo Arago di non avermi dimenticata. Ci promettiamo di non perderci di nuovo di vista. Ci scambiamo numeri di telefono. Ci giuriamo solidarietà e mutuo aiuto in caso di bisogno. Sappiamo tutti che sono sole parole di fine serata, dette tra uno sbadiglio e l'altro, e che da domani la vita si incaricherà di disperdere di nuovo i nostri destini, ma ci fa bene crederci almeno per il tempo di un arrivederci.

Léo è davanti a me, alto, bello, solido, con quel sorriso che è il mio più bel regalo di compleanno.

Gli stringo la mano e la tengo a lungo tra le mie. Mia sorella ed Étienne mi trascinano via e svaniamo tutti e tre nella notte nebbiosa di gennaio.

Rientro a casa da sola. Sono così turbata che non sento più i piedi. Volo.

10.

La testa ficcata sotto il cuscino, non faccio altro che pensare a lui. Mi ossessiona fin nelle pieghe più segrete dell'anima. Rivedo il suo sorriso, i suoi denti bianchi, le sue mani dai palmi rosa, la sua pelle d'ebano. Lo sento canticchiarmi all'orecchio la canzone di *Bagdad Café*. Immagino le sue dita dolci percorrermi la nuca, i seni, la pancia e l'incavo della schiena. La sola idea mi mette così sottosopra che mi scaravento giù dal letto e vado a cercare su Internet gli orari di apertura delle Terme del Paradiso. In due *clic* prenoto un ingresso per stasera.

Torno a letto, chiudo gli occhi, conto le pecore, le bare, i carri funebri, i crisantemi, i crocifissi. Niente da fare; il sonno non arriva.

Sono le tre quando Leïla spinge la porta rimasta socchiusa della mia stanza e mi sveglia. Ha i capelli tutti scompigliati e gli occhi rossi di stanchezza, ma è felice di aver concluso la notte con Hubert. Sono andati al Cabaret sauvage dove c'era un concerto di musica andalusa con cantanti arabi ed ebrei che s'impegnano per il riavvicinamento tra i due popoli. Poi lui l'ha riaccompagnata fino alla porta di casa e si sono promessi di rivedersi presto. Si siede ai piedi del mio letto, resta silenziosa per un momento, poi mi chiede che tipo era Hubert quanto eravamo all'università.

Di tutti i presenti alla mia festa, era l'unico di cui avevo conservato davvero un brutto ricordo. Lo avevo lasciato sbruffone part-time, pretenzioso a tempo pieno, playboy impenitente domenica e festivi, e l'ho ritrovato esattamente come lo ricordavo: spaccone, astuto, vanitoso. Non so nemmeno perché abbia accettato l'invito di Rose, visto che non avevamo nulla in comune, nulla da dirci, e mi viene in mente ora che ai tempi mi aveva classificata tra le ragazze assolutamente non scopabili della facoltà.

Leïla insiste: «Allora, com'era? Timido? Affascinante? Divertente? Romantico? Dimmi qualcosa, dai, sono curiosa!».

«Ti sei innamorata?»

Non lo vuole ammettere, ma è cotta, e non poco. Le sue buone maniere, le sue piccole attenzioni (le ha offerto un bouquet di narcisi comprato da un venditore ambulante pakistano e ha riso anche alle sue battute meno divertenti), il suo lato un po' macho, l'atteggiamento protettivo e le abilità oratorie hanno fatto il loro effetto.

Si stende furtivamente accanto a me senza smettere parlare di Hubert. Abita in rue de La Tour-d'Auvergne con la moglie, da cui si sta separando. È solo questione di giorni prima che la cosa sia formalizzata in tribunale. Lavora per un canale televisivo di TNT ma sull'argomento per ora è stato piuttosto evasivo.

«Ma dai, Hubert in televisione!» dico.

È un «ma dai» più che eloquente, di una che casca dal sonno e se ne sbatte altamente della vita di Hubert.

Mi tiro su la coperta fino al collo e mi giro faccia

contro il muro. Leïla si alza. Arrivata alla porta della mia camera, mi chiede: «Ah, già: chi era invece quel nero con cui hai chiacchierato tutta la sera?».

«Si chiama Léo. Che te ne pare?»

«Un tipo che porta degli occhiali da sole solo per fare colpo: con me non attacca. Ho visto che si divertiva coi tuoi piedi a un certo punto, e tu sembravi apprezzare molto. Non è che è un po' feticista, il tuo Léo?»

«Certo che puoi essere davvero maligna quando ti ci metti. Léo fa il massaggiatore ed è cieco, o ipovedente, o come cavolo si dice. Adesso sogni d'oro, ho bisogno di dormire.»

Biascico un «buonanotte» e spengo la lampada sul comodino.

Il salone è pieno dei fiori e dei regali che mi ha fatto consegnare il capitano Henri. Metto un po' di ordine in mezzo a quel casino floreale, ripongo le scatole di cioccolatini, qualcuna nei mobili della cucina accanto ai pacchetti di Curly e ai tubetti di latte condensato, altre nel guardaroba, accanto alle Louboutin che non rimetterò tanto presto.

La camera di Leïla è rimasta aperta; passando ficco dentro la testa e vedo che non c'è, allora le metto sul comodino, accanto al bouquet di narcisi già un po' appassiti, un mazzo di rose bianche, poi vado a farmi una bella doccia fresca per svegliarmi ben bene.

Mi guardo davanti e di profilo allo specchio fissato alla porta del bagno: oggi mi vedo il sedere un po' meno grosso, gli occhi un po' meno sbiaditi e i seni un po' meno cadenti. Per poco, quasi quasi non mi vedo ben fatta, e la cosa mi mette incredibilmente di buon umore. Sono così allegra che azzardo un maglioncino di cachemire rosa che ho messo solo una volta perché mi strizza il petto e mi lascia scoperto l'ombelico. Mi infilo jeans e cappotto e prima di uscire apro il cassettone per acchiappare il mio costume da bagno, un bikini giallo fluorescente comprato l'estate scorsa, che non ho mai portato perché l'uomo sposato che avevo incontrato su Meetic mi ha piantata in asso all'ultimo minuto. Avevamo progettato un weekend romantico a La Rochelle all'inizio della primavera. Il giorno prima della partenza ha annullato tutto per raggiungere moglie e figli nella loro casa di vacanze a Trifouillis-les-Oies. O forse era Perpète-les-Oies, non mi ricordo più.

Caccio il bikini in borsa e me ne vado al lavoro fischiettando il motivetto di una canzoncina stupida.

Su Parigi c'è un cielo azzurro, senza una nuvola, e anche questo mi scalda il cuore. Nel cortile del palazzo la portinaia, la signora Cottard, sempre scortata da Claudine, la sua vecchia cagnolina Pinscher ricoperta di chiazze da dermatite, chiacchiera con un nero dai lineamenti aristocratici, di alta statura, elegante nell'uniforme grigio topo della compagnia elettrica. Penso subito a Léo. È una cosa scema, ma è così.

In boulevard Richard-Lenoir, un gruppo di africani in tuniche multicolori si accalca attorno a una bancarella di guanti, kefiah e passamontagna. Di nuovo, non posso impedirmi di pensare a lui.

Un po' oltre, davanti a Darty, un nero dall'aspetto piuttosto comune è stato fermato da due poliziotti neri come lui, che gli controllano i documenti. Sta diventando un'ossessione: vedo nero dappertutto! Mi sento così turbata che attraverso la strada e mi metto a camminare sull'altro lato del boulevard.

11.

I miei ragazzi sono già al lavoro quando arrivo al negozio. Ci salutiamo con un gesto vago della mano. Vado spedita nel retrobottega, apro la mia bara, appendo il cappotto all'asta del guardaroba, mi cambio il maglioncino rosa con una camicia bianca e i jeans con una gonna nera, poi vado alla scrivania e accendo il computer. Ho due messaggi nella posta elettronica, uno dell'ospedale Tenon, l'altro dal Lariboisière; altri cadaveri di cui occuparsi: un barbone morto di freddo davanti alla Gare de Lyon e un bambino rom morto asfissiato in una tubatura di aria calda del Centre Pompidou.

Cadaveri di stagione, insomma.

Faccio venire Abdelmoumen per passargli le consegne. Lui chiama a raccolta Arthur, ogni giorno sempre un po' più zoppicante, Marcel, agile ed elegante come uno stallone da gara, Lucas e George, che stavano finendo di annaffiare i fiori, e salgono tutti quanti sul carro funebre parcheggiato davanti al negozio.

Sono appena partiti che Hubert entra nel mio ufficio con passo disinvolto e un sorriso generoso sulla faccia. Troppo per i miei gusti. Mi dice seriamente, quasi pretendesse che io ci creda, che passava per caso davanti al negozio. Rispondo divertita: «Ma guarda un po', dieci anni che non ci vediamo, e ora ci incontriamo due volte in due giorni. Il destino è proprio sorprendente, eh?».

Si gratta la nuca e ammette che in realtà la sua visita non è proprio casuale. È venuto fin lì per chiedermi di parlargli di Leïla, perché da quando si sono salutati non fa altro che pensare a lei. Vede la sua immagine dappertutto: nelle pubblicità sul retro degli autobus, tra le attrici di *Bella è la vita*, sul soffitto del salotto mentre cerca invano di prendere sonno sul divano, vestita da contadina normanna sulla confezione del suo camembert preferito, negli abiti di una puttana vestita di cuoio nero mentre passa da Pigalle per tornare a casa.

Col pugno chiuso fa un gesto sulla sua pancia per mostrare quanto Leïla gli scuota le budella e aggiunge: «Anche quand'ero innamorato di mia moglie non ho mai sentito una cosa del genere. A te non è mai successo?».

«Il retro degli autobus e le confezioni di camembert, no. Il soffitto sì.»

Lo invito a bere un caffè nel retrobottega. Apro la mia bara e tiro fuori da un vano che ho ricavato dietro lo scaffale delle scatole di scarpe due capsule di Volluto. Mentre il caffè scende nelle tazzine riempiendo la stanza di profumo, Hubert rimane paralizzato davanti al mio inusuale guardaroba.

Sorrido. «È il mio armadio che ti turba?»

Fa di sì con la testa e mi spiega che la morte l'ha sempre raggelato. E, mentre gli tendo la sua tazza di caffè, esce dal suo torpore con un ghigno forzato che d'improvviso gli dà un'aria da scimmia un po' svitata.

Leïla, dicevamo.

Tutto, vuole sapere tutto di lei: i suoi hobby, le sue fobie, le cose che non le piacciono, i suoi sogni, i suoi incubi, le caratteristiche del suo uomo ideale, per non fare nessun passo falso al loro prossimo incontro, perché è sicuro che lei sarà la donna della sua vita, dei suoi prossimi giorni, e anche delle prossime notti. Lui e Leïla, dice, sono destinati a stare insieme, come succede nei romanzi rosa che leggeva sua moglie quando ancora andavano in vacanza insieme. Un uomo, una donna, il colpo di fulmine, ed ecco l'amore, l'amore incondizionato. Io che non ho mai avuto simpatia per lui sento all'improvviso una sorta di empatia, quasi di complicità, perché anche per me la mia festa di compleanno potrebbe essere il primo capitolo di un romanzo rosa: la zitella che va alla sua festa controvoglia, posa il suo sedere vilipeso su un divanetto di velluto rosso, ubriacandosi di champagne per non pensare che ormai non si aspetta più nulla dall'amore, e all'improvviso, il miracolo: un bellissimo ragazzo immerso nella sua notte infinita fa la sua comparsa in scena; è Léo, di colore, sulla trentina come lei, che invece si chiama Adèle, ha la pelle bianchissima e si sente sfigata da una vita.

Insieme, sono due opposti che si completano.

Che altro?

Lui le massaggia i piedi doloranti con una dolcezza che non potrà mai dimenticare.

Che altro?

Lei è folgorata. I capitoli successivi sono tutti da scrivere.

Hubert va avanti e indietro, infastidito dal mio silenzio, infinito pure quello, e come se mi stesse chiedendo soccorso mi implora di aiutarlo a inquadrare la personalità di Leïla per giocare tutte le carte giuste. Acconsento, ma prima di tutto gli chiedo se lei gli ha parlato del suo lavoro.

Hubert fa vigorosamente di sì con la testa. «Certo, truccatrice, non ci vedo nulla di male. Avrebbe potuto lavorare coi cadaveri come te.»

Vorrei buttarlo fuori su due piedi, ma conto fino a dieci in nome dell'amicizia che ho per Leïla. Ormai non voglio più perdere neanche un minuto con lui, vado dritta al sodo. La qualità principale di Leïla è il suo grande cuore, dico spalancando le braccia il più possibile. Un cuore enorme. Il suo peggior difetto: è pazza come un cavallo, pazza come un cavallo pazzo. Questo, mi dice lui, lo aveva già intuito al Cabaret sauvage quando è saltata su un tavolo per mettersi a ballare una danza del ventre forsennata, in mezzo alle urla di un pubblico sovreccitato, scuotendo pancia, seni e fianchi con le dita nei lunghi capelli corvini. Vederla in quel modo lo aveva ammaliato e turbato al tempo stesso. Sembrava in trance, come posseduta.

Il suo viso si rabbuia improvvisamente, china la testa e mi chiede: «Sul serio, pensi che io potrei piacerle?».

«Leïla non ha un uomo ideale. Prende e butta via. Il suo ultimo fidanzato è finito male. Lo ha piantato nel giro di un mese. Eppure era un bell'uomo, anzi, non per essere scortese, ma era anche meglio di te. Fisicamente, intendo. Lo hanno ripescato nella Senna all'altezza del pont de Tolbiac. Mi sono occupata personalmente delle esequie.»

«Stai scherzando?»

«Mio povero Hubert, quando sei innamorato ti si potrebbe far credere qualunque cosa. Sei quasi commovente.»

Picchietto sul quadrante dell'orologio per fargli capire che il suo tempo è scaduto e che non ho alcuna intenzione di concedergli i supplementari.

In quel momento Georges entra nella stanza indicandomi con un gesto del mento un cliente già in abito da lutto che si muove in sedia a rotelle nello showroom.

Appena prima di andarsene Hubert mi prega di non parlare a Leïla della mia visita. Faccio di sì con la testa, poi no, alla fine rispondo: «Vedremo».

12.

Il freddo di gennaio ha radunato alle porte delle Terme del Paradiso una folla di donne e uomini soli, coppie miste e no. Io sono stritolata tra una coppia lei-lei e un ometto basso afflitto da una calvizie che tenta di nascondere con un ridicolo riporto. Arrivato davanti alla signorina della reception, una giovane asiatica in divisa color salmone, si sistema con cura un ciuffo scompigliato da una folata di vento impertinente e le dice: «Buonasera, Chan. La solita formula, Relax a Marrakech».

Poi si china e aggiunge a bassa voce che ha telefonato in mattinata per prenotare i servizi di Léo. La ragazza verifica sui Post-it rossi allineati lungo il bancone: le risulta, in effetti, che il signore abbia prenotato i servizi di Léo. Tira fuori da sotto il banco un cestino di vimini in cui infila un accappatoio di spugna azzurro, due asciugamani, un guanto di crine e un campioncino di sapone liquido, e gli tende un braccialetto di plastica con il numero dell'armadietto.

L'omino estrae dal portafogli la carta di credito e compone il PIN.

«Il prossimo!»

Il prossimo è una prossima. Io. La ragazza dà un'occhiata veloce allo schermo del computer: la prenotazione che ho fatto stanotte è andata a buon fine.

Ma, c'è un «ma»: non ho precisato che trattamento desideravo fare. Esito un momento, poi scelgo, come il cliente di prima, la formula Relax a Marrakech, senza nemmeno sapere in cosa consista, e dico che vorrei essere trattata da Léo.

È molto spiacente, ma Léo, le cui mani sapienti sono il vanto dell'hammam, è al completo per tutta la serata. In cambio mi propone Zina, una ex massaggiatrice degli hammam privati del re del Marocco. Poi, siccome mi vede molto dispiaciuta e pronta a girare i tacchi, va a confabulare nella piccola sala da tè adiacente alla reception con un tizio dalla carnagione scura, vestito con una djellaba bianca ricamata d'argento. Evidentemente il capo.

Li sento parlottare a bassa voce, poi lei torna dietro al bancone e mi invita a pazientare: mi inserirà in lista d'attesa; a volte succede che un cliente rinunci all'ultimo minuto e in quel caso sarò la prima.

Accetto con gioia non troppo dissimulata.

Fa un'altra smorfia per informarmi che nella formula Relax a Marrakech il gommage è fatto con un guanto di crine sintetico, l'olio del massaggio è solo un surrogato dell'olio di argan e il trattamento, di per sé, non dura più di un quarto d'ora.

Sospira, con aria dispiaciuta. «Del resto, con cinquanta euro non si può avere la luna.»

C'è modo di allungare il massaggio, naturalmente, ma dovrei riconsiderare la mia scelta e optare piuttosto per i trattamenti bio della formula Relax in Paradiso: gommage con farina di ceci bio finemente macinati, guanto in fibra di luffa bio e massaggio di trenta minuti con olio di mandorla dolce profumato al fiore d'arancio, ovviamente bio. Il tutto per la modica somma di centotrenta euro.

Deglutisco, pensando che lei e il suo capo sono due scrocconi patentati, e compongo rabbiosamente il codice della carta di credito mentre riempie il mio cestino di vimini con un accappatoio di spugna rosa, asciugamani, guanto di crine e un sacchetto di farina di ceci. Mi dà anche il braccialetto in plastica col numero cinquantaquattro, che mi metto al polso, e seguo la freccia luminosa che indica la direzione degli spogliatoio femminili.

Sistemo i vestiti nell'armadietto, prendo il cestino con le mie cose e imbocco un corridoio sinuoso punteggiato di candele e bruciaincensi che esalano un delizioso profumo di gelsomino, fino a sbucare in un patio dai muri ornati di affreschi su cui è raffigurato il paradiso come lo immaginano i musulmani: un cielo azzurro e luminoso, un prato verde a perdita d'occhio, ruscelli d'acqua zampillante, di latte e di miele, e poi palme dalle ombre giganti sotto cui riposano odalische dai seni pesanti.

Appendo l'accappatoio e il cestino all'attaccapanni e faccio il giro del patio alla ricerca della sala massaggi. Allungati sulle sdraio, uomini e donne seminudi chiacchierano ridendo, altri si rilassano in pose lascive su una lastra di pietra calda. Nella piscina d'acqua fredda, coperta da una vetrata che lascia entrare il blu della notte e la luce delle stelle, due uomini nuotano lasciandosi sfuggire grandi sospiri a ogni bracciata.

Vicino alle docce appannate di vapore caldo, un

pannello poco visibile indica che la sala riposo e la sala massaggi sono al piano interrato. Mi piacerebbe saltare la tappa gommage per passare direttamente al massaggio, ma è impossibile, c'è un protocollo da rispettare: numero uno, sala del vapore, massimo venti minuti; due, gommage; tre, doccia e piscina; quattro, sala riposo; cinque, massaggio.

Un'inserviente con il volto, la maglietta e i pantaloncini gocciolanti d'acqua mi chiede il braccialetto; chiamerà il mio numero per il gommage. Le consegno il braccialetto ed entro nella sala del vapore.

L'aria calda dal forte odore di eucalipto mi prende alla gola, vacillo e vado a sedermi su una panca di maiolica tra la coppia lei-lei e una donna coricata sulla schiena, madida di sudore, gli occhi mezzi chiusi e il seno scoperto. Sembra morta. Il calore umido che sale dai diffusori arriva a ondate: vengo assalita dal torpore. Sento il mio corpo farsi più molle, scivolo lentamente sulla schiena e mi metto la mano destra sul cuore che batte selvaggiamente. Accanto a me, la coppia di ragazze si mormora parole dolci. Sono molto belle da vedere.

«Cinquantaquattro!»

L'inserviente deve ripetere due volte il numero perché io esca da mio dolce stordimento. Torno all'attaccapanni, recupero il cestino e mi lascio guidare alla sala del gommage.

Siamo in parecchi, donne e uomini, stesi supini, immobili su tavole di piastrelle bianche. La matrona che mi prende in consegna potrebbe essere una nonna, ma trabocca di energia virile. Mi cosparge il corpo di farina di ceci e inizia con vigore a strofinarmi schiena, nuca, braccia, cosce, interno coscia e piante dei piedi:

ecco fatto il lato di dietro; idem per il lato davanti: spalle, braccia, polsi, mani, dita. Arrivata al petto mi pizzica la bretella del reggiseno per farmi capire che lo devo togliere e mi strofina i seni con lo stesso ardore. Mi lascio scappare qualche gemito di dolore; lei continua imperturbabile. Poi pancia, cosce, ginocchia, polpacci, caviglie e dita dei piedi. Ogni centimetro del mio corpo è in fiamme. Eppure, non saprei dire perché, c'è qualcosa di godurioso in quella sofferenza.

Finisce di raschiarmi e mi lava con un getto di acqua fresca per togliere i residui di pelle morta che mi ricoprono da capo a piedi. Poi mi dà un colpetto sulla coscia perché lasci il posto al cliente successivo. Scendo nella sala riposo con il corpo rosso e dolorante; un'altra inserviente mi aspetta in fondo alle scale. Come la sua collega, mi chiede il braccialetto per chiamarmi quando sarà il mio turno.

La luce azzurra della stanza rende le pelli più rosate o più scure, a seconda dei casi. Lungo le pareti, tappezzate di immagini orientali, sono appoggiati spessi materassi neri e, nel silenzio più assoluto, una cameriera che sembra veramente uscita da un paradiso musulmano serve a chi lo desidera tè alla menta e dolcini orientali al miele.

Mi stendo su un materasso, uno qualunque, il più vicino alle cabine per il massaggio. Da lì, con gli occhi ben aperti, osservo tutto quel che mi succede attorno. Ogni volta che una persona esce da una cabina, l'inserviente fa entrare un nuovo cliente.

È quasi ora di chiusura ormai e la sala si è abbastanza svuotata. Siamo rimasti solo in cinque: l'ometto col riporto, un altro tizio raggomitolato sul suo materasso e un po' più lontano, vicino alla scala, la coppia di ragazze.

All'improvviso, sulla soglia della sua cabina, vedo apparire Léo in bermuda fioriti, a torso nudo, con gli infradito ai piedi e gli occhi nascosti da un paio di strani occhiali scuri che assomigliano a quelli dei sub. Una donna esce dietro di lui e lo ringrazia rimettendosi a posto le coppe del reggiseno. Léo sorride e si addossa allo stipite della porta facendosi scrocchiare le dita una dopo l'altra. L'inserviente viene a chiamare l'ometto, che si rimette a posto un ciuffo arruffato prima di entrare nella cabina.

Ho voglia di trovarmi sola con Léo, eppure temo quel momento. Mi chiedo se non mi sia infervorata troppo presto, oltremisura e senza motivo, e mi riaffiora alla mente, come il ricordo di una vecchia indigestione, la mia ultima storia d'amore.

Era cominciata il 21 giugno. Come ogni anno, il primo giorno d'estate «Magazine funéraire» aveva organizzato una festa all'hotel Meurice in modo che i professionisti del settore ancora single potessero incontrare l'anima gemella prima delle vacanze. Un tizio che gestiva un negozio di pompe funebri di fronte al cimitero di Aubervilliers mi si era avvicinato. Si chiamava Charles. Era sprofondato in un abisso di sconforto dopo che la moglie lo aveva piantato per un concorrente, direttore di diverse filiali di Action funéraire nella regione parigina.

Charles mi trovava di suo gusto. I miei sorrisi, il mio spirito, la mia conversazione e pure il mio giro d'affari: gli piaceva tutto. O quasi. Aveva solo una riserva, mi vedeva un po' rotondetta: non molto, ma abbastanza per farmelo notare. Quanto a me, benché fosse ordinario, col cuore spezzato e l'animo tormentato, mi andava abbastanza bene da poter pensare a qualche sviluppo.

Ci eravamo isolati un po' dai nostri colleghi sulla terrazza dell'albergo che dava sul giardino delle Tuileries e ci eravamo sfondati di vino bianco. Quando l'alcol aveva fatto effetto, mi aveva baciata sulla nuca, poi sulla bocca. Avevo fatto finta di resistere, giusto per salvare un po' le apparenze: «No, non così in fretta, ho bisogno di parole d'amore per lasciarmi andare».

Ma dato che lui era sempre più pressante e io sentivo montare il desiderio, mi ero abbandonata. Era stato breve, violento, e mi aveva fatto bene perché erano mesi che non facevo l'amore.

Ci eravamo visti l'indomani per unire le nostre due solitudini in una cenetta sotto le foglie dei platani al ristorante del parco delle Buttes-Chaumont.

Fino a lì, tutto bene.

Charles mi baciava sulla bocca prendendomi per la vita e pizzicandomi le maniglie dell'amore. Io mi maledicevo perché il grasso che mi copriva i fianchi era il risultato dei pacchetti di Curly e del latte condensato con cui cercavo di riempire le mie serate di solitudine.

Fino a lì, tutto ancora abbastanza bene.

Per piacergli avevo persino iniziato la dieta Dukan: petto di pollo, prosciutto magro, uova sode, acqua naturale a volontà. Ma non era mai abbastanza. La domenica mattina mi portava con sé allo stadio e, davanti a esemplari ben più scattanti di me, non trovava di meglio da fare che prendermi in giro.

Una domenica mi ero alzata col piede sbagliato e avevo deciso che era ora di darci un taglio. Avevo buttato nel cestino il libro di Dukan, tirato fuori dal frigo tutti i cibi dietetici e gli avevo telefonato per dirgli che rinunciavo alla dieta, ai giri di corsa allo stadio, alle sue piccole umiliazioni e a lui. Poi mi ero fiondata da McDonald's e avevo ordinato un doppio cheeseburger, una patatina gigante, una Coca e un milk-shake.

Divino!

Non ci sono altre parole, era divino.

Cinquantaquattro!

Entro nella piccola cabina massaggio, immersa in un'oscurità quasi totale, col respiro corto. Léo tira la tenda dietro di me, stende un telo pulito sul lettino trapuntato e mi dice di mettermi sulla pancia, con le braccia lungo il corpo.

Eseguo in silenzio.

Si versa l'olio di mandorle dolci profumato ai fiori d'arancio sui palmi e mi posa la mano destra sulla coscia destra. Sobbalzo come se mi avesse dato la scossa. Léo sussurra con voce lenta e dolce: «Si rilassi. Non pensi più a nulla. Si dimentichi di me. Io non esisto».

Mi posa l'altra mano sul polpaccio e con movimenti lenti avanti e indietro sale fino in cima alla coscia. Ho il cuore che batte all'impazzata, penso che stia per esplodere e che morirò lì, tra le sue mani. L'altra gamba: stesse carezze fluide e voluttuose. Sale sulla schiena e le sue mani disegnano una coreografia seguendo il tracciato muscolare del mio corpo. Indovino la lettera A di amore, la lettera L di Léo e la A di Adèle. Vorrei che non smettesse mai. Il mio corpo si distende; riesco infine a lasciarmi andare. Fa una pausa per farmi girare di schiena e si china su di me per massaggiarmi le spalle e la nuca. Il suo volto mi appare ora nei minimi dettagli: la pelle nera, madida per lo sforzo, gli zigomi ben disegnati, il naso largo, le labbra carnose, tutto mi seduce. Mi disegna sul ventre le lettere della parola «amore».

La sua mano sfiora la mia, vorrei afferrarla e portarla alla bocca per baciarla, ma non ho il coraggio.

Si toglie gli occhiali che gli proteggono gli occhi dal sudore e per la prima volta incrocio il suo sguardo: uno sguardo fisso, inespressivo, uno sguardo vuoto, da pesce morto.

Si versa un po' di olio tra le mani e di nuovo parte all'attacco delle cosce, dei polpacci, dei piedi. Fa piccoli movimenti rotatori sulle mie caviglie. Lentamente. Molto lentamente. Le dita dei piedi. Le fa roteare falange per falange tra le dita. È anche meglio della sera del mio compleanno. Non riesco più a stare zitta, deve assolutamente sapere quanto piacere mi sta dando, ma prima che io apra bocca un sorriso gli illumina il viso: «Buonasera, Adèle. Non lo sa che ho degli occhi sulla punta delle dita?».

Balbetto, rossa di imbarazzo, una serie di suoni senza senso.

13.

Cammino avanti e indietro di fronte alle Terme del Paradiso, battendo le mani dal freddo, mentre aspetto Léo.

Sono stata io a prendere l'iniziativa e a chiedergli se voleva bere qualcosa insieme, dopo il lavoro. Una volta che mi ha smascherata, siamo rimasti in silenzio, un po' imbarazzati; poi, senza smettere di massaggiarmi, lui mi ha chiesto se ero capitata in quell'hammam per caso.

Ho risposto con le parole di Paul Éluard: «Non esistono casi. Solo appuntamenti».

«Ah, e così avevamo appuntamento?»

«Abbiamo appuntamento, Léo.»

A quel punto ho inspirato profondamente, buttato fuori l'aria in un colpo e, non poco fiera della mia audacia, ho aggiunto: «Un tè caldo le andrebbe? A me molto».

Gli andava. A condizione però di prenderlo altrove, non nella sala da tè delle Terme del Paradiso. Preferiva non suscitare chiacchiere, non voleva si pensasse che arrotondava lo stipendio adescando le clienti. A volte gli capita qualche proposta: single in astinenza d'affetto o vecchie signore benestanti desiderose di prolungare il piacere del massaggio a domicilio...

Léo rifiuta sempre. Non per questioni di morale, ma perché, dopo aver maneggiato carne umana per otto ore di fila, ha voglia solo di due cose: mangiare e ascoltare un po' di musica prima di addormentarsi.

La coppia di ragazze mi passa davanti, ciascuna imbacuccata in un montgomery blu scuro. Faccio un piccolo gesto con la mano, loro mi rispondono con un sorriso discreto e scompaiono nella nebbia fitta della notte.

Continuo il mio andirivieni davanti alle Terme del Paradiso, batto ancora le mani per scaldarmi e mi sgolo cantando: «*I'm calling you*». Mi ricordo solo queste tre parole, allora vocalizzo una serie di «iu, iu, iu» per far rima con «*you*».

Ancora avanti e indietro. Batto le mani e sento alle mie spalle: «*Can't you hear me...*».

Mi giro. Ce l'ho davanti, alto, solido, rassicurante. Mi mette in soggezione. Sembra divertito di avermi sentita cantare in quel modo.

Mi riprendo e gli chiedo: «Conosce un posticino carino qui nei dintorni?».

«Andiamo al Général. Mi segua!»

Con la punta del suo bastone bianco sonda l'asfalto per evitare gli scooter mal parcheggiati e le lastre di ghiaccio, sposta qualche cassetta di frutta abbandonata sul marciapiede. Mi piacerebbe prenderlo sottobraccio, ma ho paura che pensi che mi sto allargando troppo, allora resto a distanza, gli cammino accanto passo dopo passo, come un'ombra.

Da rue Papillon giriamo a destra in rue La Fayette e arriviamo davanti al bar. È veramente squallido. Una sfilza di ubriaconi parcheggiati al bancone, davanti alla loro birra, cercano di attaccare briga con il barman che sbadiglia guardando l'ora.

Quel che si vede del resto del locale non è meglio. Non un'anima viva. E quella luce, grigiastra, verdastra, marroncina, non si sa bene, potrebbe affossarmi il morale per il resto della settimana.

Léo appoggia la mano sulla porta vetrata del bar e prima di entrare mi chiede se il posto mi piace. No. Scuoto la testa e realizzo solo dopo un momento che non può vedermi. Non riesco a farci l'abitudine. Non ancora.

Ripete: «Le piace, Adèle?».

«Sembra un po' la locanda dei Thénardier nei *Miserabili.* Non c'è niente di più allegro nei paraggi?»

«A quest'ora c'è solo questo di aperto nel quartiere.»

A sinistra, accanto a noi, i neon rossi di un hotel Ibis riflettono sul marciapiede ingombro di immondizie le nostre silhouette deformate. A destra, verso la Gare du Nord, è tutto incredibilmente morto e silenzioso. Suggerisco di saltare su un taxi e farci portare in place de l'Opéra per prendere un tè al Café de la Paix. Léo approva. Ma è pura cortesia, lo capisco dal sorriso forzato che si disegna sulle sue labbra morbide.

Dopo quindici minuti, nessun taxi in vista. Léo starnutisce, si alza il collo del cappotto per proteggersi dalle correnti e brontola martellando il marciapiede con il suo bastone: «Col caldo dell'hammam e il freddo della strada ci verrà un accidente».

Mi appresto a rinunciare al Café de la Paix per entrare al Général quando Léo punta il dito verso la luna per dirmi che abita sopra il Général e che, se voglio, possiamo andare a bere qualcosa da lui, ma deve avvisarmi che non ha tè in casa, solo un po' di rhum e limone, quanto basta per farci un buon grog e riscaldarci.

Mi va?

Eccome se mi va.

Un taxi passa accanto a noi, si ferma e abbassa il finestrino. Gli faccio segno di ripartire pure.

14.

Léo chiude la porta dietro di me. Sono nell'oscurità più totale e non mi muovo: quel nero fitto mi fa paura e mi eccita al tempo stesso. Ho il cuore in subbuglio, un po' batte, un po' non batte, non lo so più. Sento il suo respiro caldo e regolare sulla schiena. Mi posa una mano sincera sulla spalla facendomi sobbalzare.

«Non la sento più, Adèle. Tutto a posto?»

«È che non sono molto abituata al buio.»

Ride, cerca l'interruttore... e luce fu, come dice la Bibbia.

L'appartamento è piccolissimo, ma pulito e ben arredato. In un angolo c'è un bagno con doccia, in un altro una cucina in stile americano con lavabo in acciaio, pensili, fornelli e un piccolo frigo su cui sono appoggiati il bollitore elettrico e il forno a microonde. Per terra ci sono il televisore e un lettore di CD e DVD. Lo spazio che resta è occupato da un piccolo armadio di compensato bianco, un letto singolo, due sedie spaiate, un tavolo rotondo da bistrot e un'avvolgente poltrona arancione. Un poster raffigurante una cagna San Bernardo con la sua nidiata di cuccioli su sfondo di montagne innevate interrompe l'intonaco bianco della parete. Quanto alla vista, l'abbaino rettangolare dà direttamente sul cielo.

Di nuovo il mio sguardo si posa sulla mamma San Bernardo e i suoi piccoli. Non riesco a reprimere un sorriso intenerito e gli chiedo se gli piacciono i cani.

«I cani? Perché me lo chiede?»

«Per il poster.»

Scuote la testa e dice con un sospiro: «Maledetti, me l'hanno fatta».

E ride all'idea di essersi fatto prendere in giro.

È stato tra Natale e Capodanno: avevano suonato alla sua porta due spazzini comunali che vendevano poster a scelta a dieci euro l'uno. Léo aveva optato per quello di Bruce Springsteen, il suo cantante preferito. Per qualche spicciolo in più glielo avevano anche fissato alla parete sopra il letto. Cerco di non ridere di quello scherzo di cattivo gusto, ma non ci riesco molto a lungo e, come se fosse la cosa più naturale del mondo, iniziamo a darci del tu.

Léo mi appende il cappotto a una gruccia dell'armadio, si rimbocca le maniche e riempie il bollitore al rubinetto. Gli propongo di aiutarlo. Rifiuta. Insisto. Si irrita. Mi prega di sedermi sulla poltrona e lasciare che si arrangi da solo.

Lo guardo fare.

Tira fuori dal frigo un limone e lo taglia su un angolo del tavolo in quattro spicchi identici con un lungo coltello. I suoi gesti sono sicuri e precisi. Apre il pensile, prende due tazze e le appoggia sul tavolo, poi la bottiglia di rhum che riconosce al tatto fra l'olio, l'aceto e diverse altre. Versa una buona dose di rhum nelle tazze, si gira, prende il bollitore e le riempie d'acqua bollente. Non sparge neanche una goccia. Sono sbalordita. Avvicina una sedia e si siede accanto a me. Premo uno spicchio di limone nei grog e faccio tintinnare la mia tazza contro la sua per brindare.

Lui beve un primo sorso, stende le lunghe gambe per rilassarsi e con la schiena ben appoggiata alla sedia mi chiede: «Volevi vedermi per qualcosa di preciso?».

«Ho pensato che ci eravamo salutati un po' in fretta. Mi sono detta che se non ti avessi rivisto velocemente saresti rimasto soltanto un ricordo dei miei trent'anni.»

«Anch'io avevo voglia di rivederti, ma non ho osato chiedere il tuo numero di telefono a Étienne.»

«Invece dovevi. Io ho avuto il coraggio di venire a cercarti.»

«Prima, quando ci vedevo bene, ero molto più audace con le ragazze. Adesso...»

Bevo due sorsate di grog una dopo l'altra: è forte, raschia il palato e la gola, ma scalda il corpo. Lo guardo e mi piace ogni minuto di più. Se fossi un maschio, uno vero, non starei tanto a cincischiare, gli piazzerei le mani sulle spalle e guardandolo dritto negli occhi gli direi con voce sicura: "Ho voglia di te. Anche tu hai voglia di me, lo sento. Dunque, bando alle ciance. Azione!".

E lo stringerei per dargli un bacio da *Guinness dei primati.* Ma sono solo Adèle Reverdy e continuo a scrutarlo. Come per spezzare quel silenzio imbarazzato che inizia a prolungarsi un po' troppo, gli chiedo da quanto tempo non vede più. Si toglie gli occhiali scuri, si passa la mano sulle palpebre, mi fissa col suo sguardo da pesce morto e mormora: «Due anni». Si rimette gli occhiali scuri, poi cerca a tentoni la mia mano sul bracciolo della poltrona. Gliela porgo, e mi dice: «Ti piace il circo?».

«Il circo? Perché mi fai questa domanda?»

«Perché io ero trapezista. Ero l'Angelo nero, il matto volante del circo Amar.»

Ogni mattina era una città nuova, ogni sera un nuovo pubblico. E lassù Léo volteggiava da un trapezio all'altro, inanellando voli, doppi e tripli salti mortali.

Il gusto per le acrobazie lo aveva nelle vene da sempre. Da bambino saliva sul tetto del condominio popolare dove viveva, a Gentilly, e a più di trenta metri d'altezza sul piccolo parapetto che orlava il palazzo si esibiva in ruote, spaccate e ogni sorta di capriole per stupire gli amici. Più tardi, era per stupire le amiche che si era messo a fare candele, salti carpiati e a camminare sulle mani su quello stesso parapetto. Più sfidava la morte, più l'adrenalina gli saliva alla testa, e più gli piaceva.

A diciotto anni, con grande dispiacere di sua madre, un'immigrata marocchina che sperava di fare del suo unico figlio un medico o un avvocato – insomma qualcuno che si potesse chiamare signor Tal dei Tali – si era iscritto alla scuola circense di Rosny-sous-Bois. Tre anni dopo si era diplomato primo fra i trapezisti ed era stato preso nel prestigioso circo Amar.

Ed era cominciata la bella vita.

Lui che non era mai uscito dalla sua periferia aveva iniziato a girare tutta l'Europa nella roulotte rossa e gialla del grande circo.

Più prendeva coraggio, più rendeva i suoi numeri complicati, e più la cosa lo esaltava. Arrivò a pretendere di lavorare senza gancio di sicurezza. Non voleva avere più nessun limite.

Un giorno d'estate il circo aveva eretto il suo tendone sullo spiazzo di Reuilly, al limitare del Bois de Vincennes. Erano più di due anni che Léo non vedeva sua madre e gli amici del quartiere. Li avrebbe lasciati tutti a bocca aperta, avrebbe mostrato loro come il piccolo scavezzacollo che impressionava gli astanti in bilico sul tetto del palazzo era ormai diventato il più grande dei trapezisti.

La sera della rappresentazione, sua madre e una delegazione di amici di Gentilly erano seduti in prima fila, pronti per assistere alle sue prodezze. Quando il direttore del circo aveva annunciato che l'unico, il sublime, l'intrepido Angelo nero stava per entrare in pista per un numero che sarebbe rimasto per sempre scolpito nella memoria degli amanti del volteggio, c'era stato un applauso fragoroso, poi Léo aveva fatto la sua comparsa fasciato nel bel costume aderente e si era fatto il silenzio.

Aveva offerto il mantello nero ricamato di fili d'oro a sua madre e, a torso nudo, era salito sulla corda con la sola forza delle braccia. Quando era stato all'altezza giusta, aveva afferrato il suo trapezio e aveva iniziato una serie di figure e contorsioni.

Il pubblico era estasiato.

Aveva fatto due salti mortali in avanti. Il pubblico ne voleva ancora. Un triplo salto mortale. All'improvviso si era alzato sul suo trapezio e, con lo sguardo fiero, aveva salutato il pubblico con la mano sul cuore. Il direttore era intervenuto per chiedere il silenzio assoluto: per la prima volta, l'Angelo nero stava per tentare un quadruplo salto mortale.

Léo ha la gola secca, la sua tazza è vuota, gli offro la mia. Beve un po' di grog, anche se ormai è freddo, ma lui non se ne accorge neanche. Non è più con me. In quell'istante del racconto è solo sul suo trapezio pronto a sfidare la legge di gravità e pensa: "Questo salto quadruplo non lo faccio in avanti, lo faccio all'indietro. Voglio stupire la mamma, gli amici e il mondo intero".

Rullo di tamburi. Tutti trattengono il respiro. Per prendere velocità, Léo oscilla avanti e indietro con tutta la potenza che gli viene dai visceri, dalle spalle, dalle cosce e dai colpi di reni. Non appena è a portata delle stelle, si lancia in aria.

Da quel momento in poi, non ricorda più niente. Si è svegliato dopo un mese di coma, la mascella frantumata e la vista offuscata. E, dato che *the show must go on*, il circo Amar nel frattempo aveva ripreso la strada per altre città, altri pubblici, altri rulli di tamburo, abbandonando Léo nel suo letto d'ospedale.

In quel periodo, quando era particolarmente giù di morale, appoggiava la testa sulla spalla di sua madre, come da bambino, e piangeva di nostalgia per la sua vita passata.

Giorno dopo giorno la sua vista aveva continuato a peggiorare, l'orizzonte si era progressivamente ristretto fino ad arrivare al massimo alla lunghezza del suo braccio. Poi, una triste mattina, sui suoi occhi era calato definitivamente il sipario. Aveva pensato di voler morire, perché diventare ciechi significa non vedere più la luce del sole, il colore del cielo, delle stagioni, dei fiori. Significa non potersi più guardare allo specchio, non sapere se si è belli o brutti, trovarsi nel vuoto assoluto, poiché più nulla delimita lo sguardo. Significa non poter più scorgere negli occhi della propria madre un'emozione, un sorriso, una tristezza, una lacrima. Significa non essere altro che un infermo che sbatte cento volte al giorno contro le pareti della sua stanza. Significa perdere a uno a uno gli amici, e tutto ciò che si è amato fino a quel momento, e vivere nella più totale solitudine.

Per questo aveva pensato di morire, perché la vita senza vista non è più vita.

Si asciuga una lacrima che gli scende lungo la guancia e, dopo un lungo silenzio, aggiunge: «Mi sento bene con te, Adèle. Vorrei che fossimo amici».

Mi stringo la sua mano contro il cuore, chiudo gli occhi e rispondo: «Mi sei piaciuto non appena ti ho visto, ed è la prima volta che un uomo mi fa questo effetto. Se riesco a parlarti così apertamente è perché non mi vedi e posso arrossire senza vergognarmi. E tu, Léo, senti qualcosa per me?».

Mi attira a sé. Siamo vicinissimi, faccia contro faccia, naso contro naso. Mi stringe tra le braccia e mi bacia come nessun uomo mi ha mai baciata.

15.

Quando mi sono svegliata, avevo un'emicrania fotonica e Léo non c'era più. Sul frigo aveva lasciato scritto a pastello, con una grafia un po' a zigzag: «Caso mai avessi voglia di rivedermi...» seguito dalle dieci cifre del numero telefonico delle Terme del Paradiso, che mi sono sforzata di memorizzare. Poi sono andata a spruzzarmi la faccia di acqua fresca per mettere un po' d'ordine nei ricordi della nottata. Che sono tornati piano piano, per flash.

Dopo il nostro primo bacio, siamo rimasti abbracciati, stretti uno contro l'altra, ancora per un bel po'. Abbiamo bevuto il resto del rhum direttamente dalla bottiglia e questo mi ha sciolto la lingua. Così gli ho confessato che lui era l'uomo più bello che avessi mai tenuto tra le braccia e che con lui mi sentivo sicura di me perché non poteva giudicarmi sulla base delle apparenze. Lui mi ha risposto che, se non poteva giudicare dalle apparenze, il suo lavoro gli aveva però insegnato a leggere l'anima a partire dal corpo.

Gli basta appoggiare la mano su una spalla, su una coscia, su un ventre, per sapere se ha di fronte un'ansiosa, una rompiscatole, un'avventuriera, una donna felice. Sulla mia pelle ha sentito un'anima malinconica e solitaria, il che gli è piuttosto familiare, dato che è malinconico e solitario anche lui.

Mi ricordo che allo scoccare delle dieci il mio cellulare si è messo a suonare e, siccome ero persa nei fumi dell'alcol, non ho risposto.

Mi ricordo che Léo ha acceso il suo lettore di CD e abbiamo ballato *Born in the USA* prima di finire sul letto. Le sue dita hanno esplorato la mia nuca, i capelli, le palpebre, la fronte, le tempie, la punta del naso e quando il suo indice è arrivato ad accarezzarmi le labbra mi ha detto: «Chiudi gli occhi e usa solo gli altri sensi. Scoprirai un mondo inimmaginabile».

Ho chiuso gli occhi e lui mi ha trasportata in un mondo di cui non sospettavo l'esistenza.

Metto un po' a posto, un colpo di straccio qui, una spazzata di là. Butto nella spazzatura la bottiglia vuota di rhum che giace abbandonata sul comodino. Apro l'armadio per cambiare le lenzuola, ne acchiappo un paio sullo scaffale più alto e noto, fissata con una puntina al retro dell'anta, una locandina cartonata gialla e rossa del circo Amar. Si vedono un pagliaccio bianco e uno dal costume multicolore, alcune giocoliere in body superkitsch tempestati di strass, un lanciatore di coltelli con cappello texano, un domatore di elefanti che di indiano ha solo il copricapo, un addestratore di orsi, un direttore del circo, magnifico nel suo smoking e cappello a cilindro. E, in prima fila, come due star, distinti da tutti gli altri, Léo nella sua divisa da trapezista accanto a una bella ragazza avvolta in un mantello di seta viola e paillettes argentate, con ai suoi piedi tre foche che tengono una palla in equilibrio sul naso. Lei ha una grande bocca rossa che sorride alla vita, occhi dorati da cerbiatta, per nulla selvatici, la pelle chiara delle donne del Nord e i capelli biondi raccolti in uno chignon. Somiglia un po' a Rose.

Non mi piace lo sguardo innamorato che Léo posa su di lei. Preferisco il suo sguardo da pesce morto.

Chiudo l'armadio, rifaccio il letto e quando tutto è in ordine riaccendo il cellulare. Ci sono due messaggi. Quello di ieri sera è di mia sorella, che andava al cinema col suo oculista e mi proponeva di accompagnarli. L'altro è recente, ed è di Abdelmoumen che si stupisce di non vedermi al lavoro a mezzogiorno passato.

Mi infilo il cappotto, chiudo la porta dietro di me, scendo correndo le scale e vado dritta filata al negozio.

Abdelmoumen è seduto dietro la mia scrivania e digita sui tasti della calcolatrice mentre ascolta con aria grave e partecipe il lamento di una cliente con uno hijab nero sulla testa. Ha appena perso Farida, la sua ultima figlia, di appena vent'anni. Passa dalla collera alla disperazione. Ce l'ha con lei che si è buttata fuori dalla finestra perché la madre le aveva impedito di frequentare un francese purosangue, un maestro di danza brasiliana; come dire pura pornografia, per lei. Tra due singhiozzi, dice gemendo che spera che Allah sarà clemente e misericordioso e non la spedirà a bruciare nelle fiamme dell'inferno.

Se fossi una malalingua, direi che questo mi sembra proprio un dolore da quattro soldi. Dato che non lo sono, mi accontento di pensarlo.

Vuole che sua figlia sia rispedita in patria, a Tunisi, in modo che possa riposare accanto ai suoi. Abdelmoumen scuote la testa. «La Tunisia non è facile, signora. Ci sono molte formalità burocratiche con il consolato e la prefettura. E poi i servizi sanitari, la bara piombata obbligatoria, il carro funebre fino all'aeroporto, più l'aereo. Perché non seppellisce qui sua figlia? Il cimitero della rue d'Hautpoul nel XIX arrondissement è abbastanza abbordabile ed è vicino a casa sua.»

Sua figlia in un cimitero per cristiani, mai! È pronta a vendere i suoi gioielli, se serve, ma sarà sepolta in terra musulmana. Di nuovo implora Allah perché le dia il coraggio di superare questa prova. Si accorge che sono dietro di lei, ma non si degna di salutarmi e continua la sua conversazione in arabo con Abdelmoumen.

Me ne vado in punta di piedi per lasciarli da soli.

È già l'una. Arthur, il mio becchino pigro e misantropo, mangia un sandwich al pâté seduto sulla sua solita tomba. Mi fissa con quel suo sguardo vuoto e ha sulla faccia un sorriso che non so come interpretare, dato che l'ultima volta che l'ho visto sorridere non ero ancora diventata signorina. Trova che il buon umore mi stia bene, dice che solo l'amore può rendere le ragazze così carine. Poi punta il dito verso il mio ufficio, dove Abdelmoumen è ancora rinchiuso con la cliente, e mi chiede: «È lui il fortunato? Non mi stupisce, è un pezzo che lo vedo ronzarti attorno». Il suo sorriso si spegne improvvisamente, abbassa la testa e, con voce atona, quasi impercettibile, aggiunge: «L'ultima volta che sono stato innamorato è stato venticinque anni fa. Si chiamava Thérèse. Tu non puoi ricordartelo, eri troppo piccola, dovevi avere cinque anni, non di più».

Finisce il suo sandwich, strizza l'occhio, si strofina gli

indici uno contro l'altro e torna alla carica. «Allora, è Abdelmoumen, vero? Ci ho preso?»

Proprio in quel momento Abdelmoumen riaccompagna la cliente dallo hijab nero fin sul marciapiede e viene verso di noi con passo energico. Lo guardo con aria interrogativa per sapere come ha chiuso la faccenda. Spinge il petto in fuori e alza il pollice: quando le ha presentato il preventivo, si è immediatamente data una calmata e ha finito per trovare che il piccolo cimitero della rue d'Hautpoul andava benissimo.

Il cellulare mi vibra nella tasca della giacca: è un SMS di mia sorella. Ha un'ora libera prima di riprendere il turno alla Salpêtrière e mi propone di mangiare assieme al Café Charbon, un ristorante all'ultimo grido in rue Oberkampf. Casca bene: ho una fame da lupi. Le rispondo con un OK seguito da una sfilza di faccine.

16.

Rose ha finito la sua insalata con rondelle di caprino, gli spaghetti al ragù, il tiramisù e ora guarda nel mio piatto, dove ho lasciato qualche patatina intinta nel ketchup. Rose è sempre di buon appetito quando è innamorata. Con Étienne vive qualcosa di forte, ma di così forte, che non trova parole per descriverlo. Tra tutti i suoi fidanzati nessuno, neanche il primo, l'ha mai fatta sentire così.

Ieri sera sono andati a vedere un vecchio film di Fellini all'Action Christine, il cinema d'essai a Saint-Germain-des-Prés, e per tutta la proiezione non si sono lasciati la mano e si sono sbaciucchiati come due adolescenti. Già immagina di sistemarsi definitivamente con il suo oculista, ma per ora vuole andarci coi piedi di piombo. Quando saranno sicuri dei loro sentimenti, le piacerebbe essere portata per un weekend a Roma, come nella *Dolce vita*, e che lui le chiedesse la mano davanti alla fontana di Trevi.

Arrossisce, si fa aria con il tovagliolo e mi chiede: «Non sarebbe romantica da matti la fontana di Trevi, sorellina?».

Mi ruba una patatina dal piatto e, senza alcun collegamento, mi ricorda che ieri sera alle dieci mi ha chiamata ma io non ho risposto al telefono. E con un risolino forzato aggiunge: «Non dirmi che eri già a letto».

È insopportabile quando imita la mamma per prendermi in giro. Ha preso tutto da lei: il timbro di voce, il modo in cui aggrotta le sopracciglia, il risolino sornione e il sorriso artefatto per esprimere esasperazione.

Non rispondo. Non la guardo nemmeno. La ignoro. Innervosita, mi ruba un'altra patatina e continua, sempre più animata: «Sei davvero una nonna, mia povera Adèle. Come puoi pensare di trovare qualcuno se alla tua età vai a letto con le galline?».

Dal tavolo vicino sento uno sbuffo di risa tra una forchettata e l'altra di lasagne. Arrossisco di vergogna. Ho una voglia matta di schiaffarle in faccia il ketchup che mi è rimasto nel piatto e andarmene.

Tace. Finalmente.

Ma la tregua dura solo il tempo di finire il suo bicchiere di Chablis. Eccola che riparte alla carica con la mia serata di compleanno. Ancora non riesce a crederci. Anzi, a dire il vero è per questo che mi ha invitata a pranzo: per dirmi una cosa che non riesce proprio a mandare giù. Lei aveva organizzato tutto per dare una scossa alla mia situazione, per farmi ballare, incontrare l'uomo della mia vita, o quanto meno per creare le condizioni adatte all'avventura di una sera. E io invece che ho fatto? Ho passato tutta la sera con il sedere inchiodato a un divanetto di velluto rosso a farmi manipolare i piedi da quel Léo.

Mi estranio di nuovo per far sì che il pranzo non si trasformi in un regolamento di conti, e questo la irrita ancora di più. Mi picchietta sulla mano e alza il tono. «Credi a me, la gente iniziava a chiacchierare. Preferisco non riferirti cosa si diceva di te. Mi farai rimpiangere di avere speso una fortuna per i tuoi trent'anni!»

Ecco, ha vuotato il sacco. La tensione si allenta.

Il suo cellulare manda un tintinnio: le è arrivato un messaggio. Mentre lo legge, un sorriso timido le si disegna sulle labbra. È Étienne che le dà appuntamento stasera alle Terme del Paradiso. Già pregusta la serata perché si sente stanchissima e tutta incriccata: è lo stress, il lavoro in reparto, e in più mi ci metto io che la faccio preoccupare... Le piacerebbe se andassi con loro, perché non le sembro molto in forma. Un buon massaggio mi farebbe benissimo. Rispondo con un «no» fermo e definitivo.

Insiste, promettendomi che saremo a casa prima del coprifuoco.

Ride della sua battuta, che diverte solo lei.

È ora di andare. Il cameriere ci porta il conto, Rose paga e lasciamo il tavolo. Vorrebbe accompagnarmi in macchina al negozio.

Ancora una volta è no.

Preferisco fare due passi e respirare a pieni polmoni l'aria inquinata di Parigi per rinfrescarmi un po' le idee. Mi bacia e si scusa per i suoi accessi d'ira tanto spontanei quanto incontrollati.

Sono seduta alla mia scrivania, davanti al PC, e non faccio altro che pensare a Rose. Me la vedo in monokini, languidamente distesa sul lettino da massaggio. Con il corpo cosparso di olio di argan, le palpebre chiuse, si abbandona alle mani abili e dolci di Léo. Vedo le lunghe dita nere accarezzare ogni centimetro delle sue cosce, delle anche, del ventre e chissà, forse anche dei seni, e alla sola idea mi sento risalire tutto quello che ho mangiato, tartare e patatine. Divento pazza, folle di gelosia.

Spengo il PC ed esco dall'ufficio per cercare di dimenticare quell'incubo a occhi aperti.

Tiro a lucido la mia bara, che non ne ha alcun bisogno, poi inizio a passare la scopa nello showroom, che ne ha ancor meno. Spolvero le placche, i fiori finti, le urne e annaffio i vasi di crisantemi e gli arbusti di bosso, che a dire il vero non chiedevano nulla a nessuno.

Cerco di tenermi impegnata per non pensare alle Terme del Paradiso. Ma non ci riesco. Ho i nervi a fior di pelle.

Torno in ufficio e mi metto a sfogliare l'ultimo numero di «Magazine funéraire». La cosa mi calma, almeno per un po'. Meglio di niente. Attacco le parole crociate.

Otto lettere: *Ha fatto abolire la pena di morte in Francia.* Non esageriamo. Nove lettere: *Morire, congiuntivo imperfetto terza persona plurale.* Morirebbero. Non ci sta. Morissero. Sì, forse. Mah, non ho testa per le coniugazioni oggi. Chiudo «Magazine funéraire».

Cerco di fare il vuoto mentale ma non ci riesco. Continuo a pensare a mia sorella.

Mi metto a navigare su Internet guardando alcuni siti sui ciechi. Ci sono molte considerazioni generali e un mucchio di esempi concreti su come ci si deve comportare con i non vedenti, a volte buffi, a volte proprio sorprendenti. È consigliato parlare in continuazione descrivendo ciò che si fa, dove si va, ciò che si vede. Accuratamente da evitare sono, invece, frasi del tipo: «È qui», o «È di là», e i gesti di avvertimento. Al ristorante si avrà cura di non porgere un pezzo di pane dicendo: «Tieni». Se si vuole aiutare un cieco ad attraversare la strada, mai spingerlo nella schiena: non è rimasto a secco di benzina. Mai fare dell'umorismo sul suo handicap, è malvisto. Arrivando una sera d'inverno a casa di un non vedente, l'appartamento sarà immerso nell'oscurità, è normale. Si accenderà la luce, anche questo è normale. Ma non bisogna dimenticare di spegnerla prima di andare via. È poco probabile che l'ospite ci pensi da sé.

E l'amore, in tutto questo?

Tra tutti i siti che vedo, solo qualcuno riporta qualche breve storia sentimentale, un po' scema, da romanzetto rosa. Continuo a cercare testimonianze di coppie miste vedente-non vedente per sapere come fanno per durare nel tempo, come si arricchiscono delle rispettive differenze, come organizzano la loro vita e come si amano, in senso proprio e in senso lato. Di *clic* in *clic* approdo su un sito per voyeur dove mi chiedono il numero della mia carta di credito per accedere a ulteriori informazioni ad alto contenuto pornografico.

La sera è arrivata senza che me ne accorgessi. È stato un pomeriggio senza clienti, il che fa una certa differenza rispetto al solito. È il momento di chiudere il negozio, ed è proprio il momento che sceglie Leïla per telefonarmi. Ha il respiro affannoso, balbetta, non conclude le frasi, ma capisco che vuole che io la raggiunga il più in fretta possibile nella saletta dell'obitorio dell'ospedale Bichat. Non può dirmi di più al telefono e riaggancia perché le hanno appena portato un cadavere da sistemare con urgenza.

17.

A prima vista è un ragazzino, non gli darei più di quindici anni. Il suo corpo nudo, pallidissimo, è disteso con le braccia lungo il corpo sul tavolo di metallo. La smorfia che gli deforma la bocca dà al suo volto un'espressione d'orrore. Chinandomi su di lui, scopro uno sfregio sulla guancia destra e una piccola aureola di carne carbonizzata sul collo, sotto la carotide.

Leïla stende una salvietta sulle parti intime del ragazzo, mi tende una mascherina di protezione e una casacca di carta azzurro chiaro e mi dice, scuotendo la testa: «Una scazzottata finita male dopo un concerto rap. Risultato: un colpo di coltello e una pallottola vagante. Deve essere presentato alla famiglia domani. Sì, ti dicevo...».

Asciuga la testa del ragazzo con della carta assorbente dopo averlo lavato con acqua saponata e cloro, poi gli pulisce la bocca e le narici con dei batuffoli di cotone.

Da quando sono lì non mi ha ancora detto nulla di sostanziale che meriti uno spostamento urgente. Sto perdendo la pazienza e per l'ennesima volta le chiedo cosa avesse di tanto imprescindibile da dirmi.

Lei rifugge il mio sguardo, prende una garza, la imbeve di alcol e strofina il piano d'acciaio su cui sono allineati i suoi strumenti di lavoro. Da sinistra a destra, nell'ordine di utilizzo: le iniezioni destinate a stabilizzare gli strati di pelle per non farla ingrigire troppo in fretta, quelle di formaldeide per rallentare la rigidità cadaverica, rocchetti di fili di diversi colori e tutti i cosmetici necessari per dare alla materia morta un'illusione di vita.

Prende una siringa di formaldeide, palpa la cassa toracica del ragazzo al livello del cuore, infila l'ago nell'aorta e inietta in un solo gesto il liquido traslucido nel petto. Mi guarda di sbieco con aria mortificata e dice: «Si tratta di Hubert. Non so come dirtelo. È una cosa delicata».

Infila il filo bianco nella cruna dell'ago più piccolo e si mette a cucire lo sfregio.

Mi preoccupo. «Hubert? Non mi avrai fatto attraversare tutta Parigi per parlare di lui.»

Si aggiusta i guanti di lattice, la mascherina, esamina da vicino il suo lavoro e si complimenta con sé stessa. «Non per vantarmi, ma sono veramente brava con le cuciture.»

Poi, vedendo che sono al limite della sopportazione, mi dice che tra Hubert e la moglie la coabitazione è diventata intollerabile e lui ha preferito fare le valigie piuttosto che sopportarla un giorno di più.

Taglia il filo con un colpo di forbice.

Sono pallida quanto il ragazzo, la prego di guardarmi dritto negli occhi e ribatto: «Non mi starai dicendo che viene a stare da noi».

Di nuovo fugge il mio sguardo.

Per cancellare la smorfia d'orrore sul volto del ragazzo, spalma sulle sue labbra un filo di colla e mantiene la mascella chiusa premendo con una mano sul cranio e con l'altra sul mento. Una volta serrata la bocca, prende un tubetto di fondotinta e copre la ferita sulla guancia impeccabilmente suturata.

Insisto: «Non mi starai dicendo che viene a stare da noi?».

Conferma con un battito di palpebre e giura immediatamente che non si fermerà a lungo, al massimo una settimana, il tempo di trovarsi un'altra sistemazione.

Il luogo non si presta a urli e scenate, e lei lo sa; anzi, sospetto che mi abbia fatta venire qui per questo.

Non sono più livida ma rossa di rabbia e sibilo a bassa voce, come se temessi di svegliare quel poveretto: «Al liceo quel ragazzo lo fuggivo come la peste perché lo trovavo un pallone gonfiato e un presuntuoso, e ora tu me lo consegni direttamente a domicilio! È il brutto scherzo dell'anno».

Fa una pallina con l'ovatta non più grossa di una biglia per riempire il buco della pallottola nel collo e dice, con gli occhi fissi sul cadavere: «Non potevo lasciarlo in mezzo alla strada, lo sai che l'ospitalità è sacra da noi».

«Soprattutto visto che l'ospitalità a casa mia non ti costa molto cara.»

«Te la sei presa?»

«No, non me la sono presa, ti odio.»

Mi tolgo la mascherina, la casacca di carta azzurra e me ne vado maledicendola.

Entrando in casa, trovo Hubert in salotto che si beve una birra sul divano sgranocchiando i miei Curly. Mi sorride, un po' dispiaciuto di farsi trovare così, e si alza per offrirmi un mazzo di tulipani gialli che abbandono immediatamente sul tavolo. Mugugna, deluso: «È il colore che non ti piace?».

«I fiori non c'entrano nulla. Una settimana va bene. Di più, non se ne parla.»

«Se fosse dipeso da me avrei preso una stanza in albergo, ma Leïla ha tanto insistito per ospitarmi; non ho voluto contrariarla. Spero che capirai.»

Gli prendo dalle mani il mio pacchetto di Curly, apro il pensile della cucina e afferro un tubetto di latte condensato. «Una settimana, Hubert: non un giorno di più.»

Mi gira le spalle e va a svuotare la sua valigia in camera di Leïla, mentre io mi isolo nella mia e, come nelle mie peggiori serate di abbrutimento, mi abboffo di Curly e faccio fuori tutto il tubetto di latte.

Al primo conato di vomito, decido di andare al Général e, seduta al bancone davanti a un calice di Vichy alla fragola, con lo stomaco sottosopra, aspetto pazientemente.

Allo scoccare della mezzanotte lo vedo passare.

18.

Io e Léo ci siamo visti per cinque sere di fila. Ci diamo appuntamento al Général, poi ceniamo al Terminus, la grande brasserie che sta di fronte alla Gare du Nord.

Le prime tre sere abbiamo ordinato il menu completo: *entrée*, piatto del giorno, dessert e caffè servito con dolcetti assortiti. Ci lasciava il tempo di scoprirci meglio ogni volta.

La quarta sera abbiamo saltato l'*entrée*.

Ieri abbiamo boicottato dessert e caffè per supposte ragioni di linea. Ma la verità è che avevamo troppa fretta di ritrovarci nell'oscurità del suo appartamento a fare l'amore fino alle prime luci dell'alba.

Ogni notte è più dolce della precedente. E ogni notte, massaggiandomi il corpo, tutto il corpo, mi fa scoprire regioni che mi erano finora del tutto sconosciute.

Al risveglio, mi racconta i suoi sogni. Ce n'è uno che lo ossessiona spesso. Si trova a Dakar. Il circo Amar ha eretto il suo grande tendone rosso e giallo sulla spiaggia della Voile d'Or, di fronte a un oceano Atlantico in tempesta. Gli spettatori sono venuti da lontano per assistere alle prodezze dell'Angelo nero, il figlio di immigrati tornato nella terra dei suoi avi. Léo è sul suo trapezio a più di dieci metri d'altezza sopra la pista, sente la voce tonante del direttore, gli applausi scroscianti del pubblico, i rulli di tamburi, poi più niente; è il silenzio assoluto, come ogni sera al momento cruciale del suo numero. Prende slancio col trapezio spingendo sulle cosce e sulle braccia, ed eccolo, è altissimo, va velocissimo, la testa in alto, la testa in basso, si proietta con le braccia a croce in aria, triplo salto mortale all'indietro, e si riaggancia al trapezio nel secondo esatto che aveva previsto. Léo, l'Angelo nero, ha trionfato ancora.

A volte quel sogno è piacevole perché lo riporta alla sua vita di prima dell'incidente, quando era il più grande degli spericolati. A volte invece lo rende malinconico perché lo riporta crudelmente alla realtà della sua vita di oggi. Così è stato stamattina.

C'è una domanda che vorrei fargli. Più che una domanda, un dubbio, un'inquietudine del tutto egoista.

Sono già comparsa nei suoi sogni?

Dice di sì.

Nel suo ultimo sogno ero acrobata. Dividevamo la stessa roulotte, e lo stesso letto, ed eravamo amanti inseparabili.

Non posso impedirmi di scoppiare a ridere. «Io in equilibrio su un cavo? Ma se riesco a slogarmi le caviglie con un tacco cinque!»

Insiste sul fatto che ero acrobata e che andavamo d'amore e d'accordo.

Torno seria. «E cosa ti aveva sedotto di me perché fossimo amanti? I miei occhi color Anitra WC, i miei capelli biondi a spaghetto, il mio naso a punta? Il mio senso dell'umorismo? Il mio scarso senso dell'umorismo?»

Non lo sa. Ero semplicemente lì, accanto a lui.

«Ah.»

Non ci vedo molto più chiaro di prima.

Si infila l'impermeabile verderame su un maglione dolcevita blu elettrico, si avvolge attorno al collo una sciarpa di lana dai colori improbabili e mi dice con un velo di tristezza nella voce: «Una delle cose che mi disturbano di più, da quando ho perso la vista, è non accorgermi se sono ben pettinato, se ho una macchia da qualche parte, se sono mal vestito». Si passa le dita tra i capelli per domare un ciuffo ribelle che va per i fatti suoi e aggiunge: «Come sto? Ti piace?».

«Mmm, può andare.»

«Niente di più?»

«Be', diciamo che il maglione è un po' così. Della sciarpa, potresti anche farne a meno.»

Si aggiusta le stanghette degli occhiali scuri dietro le orecchie, prende il bastone bianco appeso al gancio della porta d'ingresso e, prima di uscire, rinuncia alla sciarpa.

Per la prima volta lo prendo sottobraccio, come una vera fidanzata, e, memore dei consigli dei siti sui ciechi, gli descrivo la vita attorno a noi: il grigio del cielo che fa concorrenza a quello dei tetti di ardesia di rue La Fayette. Una legione di nuvolette bianche che scendono dalla collina di Montmartre e si bisticciano sopra le nostre teste. La vetrina di un negozio di vestiti dove sono esposti i primi saldi dell'inverno. Dei bambini rom in ginocchio come mendicanti penitenti vicino ai tavolini dei caffè e, dall'altra parte del marciapiede, l'insegna del Général che si vede fino alla Cité Paradis.

Ma sento che gli do fastidio.

Léo si ferma bruscamente, si gira verso di me e mi

dice: «Quando sono con te, vedo solo te; del resto me ne frego».

Sento le lacrime che mi salgono agli occhi e vorrei stringerlo tra le braccia, baciarlo e dirgli che anche per me è la stessa cosa, che quando sono con lui non vedo che lui, ma l'emozione mi paralizza, sono senza voce.

Arriviamo in rue Papillon e Léo mi propone di andare un po' a rilassarmi alle Terme del Paradiso stasera, perché mi sente tesa e nervosa. Preferisco di no. Come la bambolina della canzone di Michel Polnareff, faccio no, no, no... Non sopporto più di vederlo maneggiare, palpare, accarezzare, corpi diversi dal mio.

Per rilassarmi preferisco che saltiamo direttamente *entrée*, piatto del giorno, dessert e caffè del Terminus, e che ci vediamo senza tappe intermedie nel suo monolocale. Acconsente. Ancora una volta non riesco a trattenermi, gli afferro il colletto dell'impermeabile e lo bacio con foga. Mi risponde con lo stesso ardore e lo stesso slancio e ci separiamo all'incrocio del Paradiso.

19.

Prima di rientrare al lavoro passo da casa a cambiarmi. Leïla è in pigiama sul divano impegnata a mettersi uno smalto lilla sulle unghie dei piedi. Preparo un caffè e vado a sedermi accanto a lei. È radiosa, emana una bellezza limpida e sincera, ed è un vero piacere vederla così felice. Le spiace non poter ricambiare il complimento perché io invece non ho per niente una bella cera, come se avessi passato la notte chiusa nella mia bara. Bevo un sorso di caffè e svio la conversazione tirando in ballo Hubert.

A che punto è la sua storia con lui?

È fatta: tra una cavalcata e l'altra, lei gli ha rivelato finalmente che lavoro fa. E di cavalcate, per quella notte, non ce ne sono state altre, tanto lui era disgustato all'idea di essere coccolato da mani che avevano toccato dei cadaveri. Leïla temeva quel momento: è più che abituata alla reazione degli uomini quando scoprono qual è la sua professione. Prima c'è lo choc, accompagnato dal disgusto; poi, solitamente, la fuga: nessuno si vede a proseguire una relazione amorosa con una donna che rappezza morti tutto il giorno.

In un certo senso, Hubert fa un po' eccezione alla regola; ha soltanto preteso da Leïla che andasse in bagno a lavarsi le mani prima di toccarlo e, per allontanare gli spiriti che sembra si aggirino attorno a chi traffica con la morte, ha appeso sopra il letto uno spicchio d'aglio.

Leïla ha ceduto a quei capricci perché in cambio riceve piacevolissime gratificazioni. A letto Hubert è un amante senza pari. Può rimettersi in pista tre, quattro volte per notte, tanto è innamorato di lei. E in più non si può dire che manchi di fantasia. Il colpo d'ariete, per esempio: solo a parlarne sente il suo clitoride che si mette a belare. Quando inizia a descrivermi nel dettaglio il famoso colpo d'ariete che le procura orgasmi ovini, svio di nuovo la conversazione sull'argomento più spinoso.

A che punto è Hubert con la ricerca di un alloggio?

Su quel fronte non si è mosso nulla, soprattutto per mancanza di tempo. Télélavie, il canale per cui lavora, gli ha appena affidato *Piccoli ruscelli formano grandi fiumi*, un reality che il presentatore ufficiale ha mollato all'ultimo minuto per andare a lavorare in una TV pubblica. Ha solo qualche giorno per prendere in mano il tutto e ripensare un concept che sia il più vicino possibile alle preoccupazioni quotidiane della casalinga media sotto i cinquanta, come si dice nell'ambiente.

Dopo il lavoro, Leïla lo va a prendere all'uscita dello studio di registrazione, nella periferia nord, a Plaine Saint-Denis, e non è raro che prima di tornare insieme a casa lui le presenti qualche star del piccolo schermo che lavora negli studi vicini.

Dato che mi vede completamente disinteressata al gossip sui personaggi della TV, Leïla smette di pitturarsi le unghie dei piedi e mi chiede se è a causa di Hubert che dormo fuori ogni notte. Se così è, gli cercherà lei stessa una stanza d'albergo. Abbasso gli occhi e arrossisco.

La cosa non le sfugge, e un sorriso pieno di malizia le illumina il viso. «Ah, e così anche tu hai concluso con Léo, e non mi dicevi niente! Vai, spara. Racconta!»

«Léo è diverso, non sa fare il colpo d'ariete, ma mi fa scoprire terre sconosciute... Con lui c'è qualcosa di forte, di intenso, dolce, tenero. Se sapessi...»

Un po' infastidita dal confronto, Leïla non vuole saperne di più e si alza dal divano per andare a cambiarsi in camera. Quando ne esce, indossa jeans attillati rossi e una coloratissima camicia a maniche lunghe con motivi floreali di Desigual.

Io mi accontento di un nuovo paio di jeans e di un semplice maglioncino dolcevita celeste, banalissimo, comprato chi sa dove. Leïla si guarda nello specchio del bagno e mormora: «Sei fortunata. Il tuo ragazzo non ti vede, puoi vestirti come vuoi».

Preferisco non raccogliere. Tanto, per tutte e due è ora di andare al lavoro.

20.

Abdelmoumen punta il dito sull'orologio per ricordarmi che arrivo ogni giorno un po' più tardi. Non che la cosa lo disturbi, anzi; ritiene che sostituirmi qualche ora la mattina sia un onore, un onore che gli piacerebbe veder convertito in euro sulla sua busta paga.

Fingo di non sentire e accendo il PC. Ho tre nuovi messaggi: uno del Lariboisière, uno della clinica Boisset e un ultimo dal nido del Petits-Chérubins. Abdelmoumen non sopporta che io faccia orecchio da mercante e va e viene per la stanza fischiettando nervosamente motivetti del suo paese. All'improvviso di ferma davanti alla mia scrivania e butta lì: «Potrebbe venire direttamente il pomeriggio, se vuole. Ha visto che me la cavo piuttosto bene».

«Ora vada subito coi suoi colleghi al Lariboisière. Una donna di quarantacinque anni. Poi filate al Petits-Chérubins. Della clinica Boisset vi occuperete a fine pomeriggio.»

«Siamo d'accordo allora per un premio alla fine del mese?»

«La fine del mese? Quale fine del mese?»

Un cliente entra nell'ufficio. È piccolo, magro e spelacchiato come un gatto randagio, età indefinita, forse quaranta, cinquant'anni. Porta un cappotto consunto blu scuro, troppo grande per le sue spalle gracili, un paio di occhiali di tartaruga, e nell'insieme ha l'aria da Testimone di Geova. Tiene stretta contro di sé una cartella portadocumenti in similpelle, con cerniera, come se ne vedono ormai solo nei film in bianco e nero. Lo invito ad accomodarsi davanti a me mentre Abdelmoumen si ritira sbuffando per non aver ricevuto risposta alla sua domanda.

Il cliente, dicevamo.

Prima di tutto, ci tiene a rassicurarmi: non ha ancora perduto nessuno della sua famiglia né tra i suoi cari. È qui per un'indagine preventiva. Il signore, che si diletta di calcoli astrusi di cui non capisco assolutamente nulla, ha concluso che sua madre, malata di cancro a uno stadio ormai avanzato, dovrebbe passare a miglior vita al più tardi prima dell'estate. Il signore non vuole essere preso alla sprovvista e sfrutta le sue ore libere per visitare pompe funebri e comparare tariffe e servizi dell'una e dell'altra. Sceglierà la cremazione. Apre la cartella e ne estrae una cartellina trasparente in cui sono raccolti volantini e preventivi. Per tremila euro tondi, Ad Vitam Aeternam si fa carico di tutta la cerimonia. In più – e non ha trovato nulla di tanto conveniente finora – offrono una concessione di cinque anni nel colombario del cimitero di sua scelta.

Ho qualcosa di meglio da proporgli?

No, non ho nulla di meglio. Gli faccio però notare che presso quel concorrente low cost, se le tariffe sono senz'altro più attraenti di quelle che posso offrirgli io, l'incinerazione lascia invece molto a desiderare. Da un'inchiesta apparsa sull'ultimo numero di «Magazine funéraire» è emerso che nelle loro urne sono spesso stati ritrovati pezzi di ossa non bruciati. Per quanto mi concerne, per un prezzo appena un po' superiore a quello del collega poco scrupoloso, garantisco ceneri più leggere della polvere d'angelo. Il signore prende nota su un quadernetto a spirale e si alza contrariato dicendo che deve pensarci.

«Ci pensi. Ha ancora tempo prima di prendere la decisione giusta. Ma scelga bene perché abbiamo solo una madre e una volta nel forno non c'è ritorno.»

È d'accordo con me.

Arrivano a stretto giro altri tre clienti: due contratti di previdenza funeraria e il ciabattino di rue de Bagnolet, che sceglie per la moglie la bara economica in pino con maniglie di stagno, una tomba altrettanto ordinaria e una funzione religiosa ridotta al minimo indispensabile. Il cuscino di fiori con nastro viola, quello è in omaggio. Come sempre.

Alle sei, mentre faccio i conti, Arthur entra nel mio ufficio. Si è ubriacato al bistrot di fronte. Mi guarda a lungo con i suoi grandi occhi chiari e mi tende una caramella alla menta. La prendo per educazione. Lui sussurra, a testa bassa: «A Thérèse piacevano le caramelle alla menta. Anche a te piacciono?».

Alzo le spalle con indifferenza.

Si rimette il sacchetto nella tasca della giacca e aggiunge: «Non amava solo le caramelle alla menta. Adorava anche le ortensie. A te piacciono le ortensie?».

«Le ortensie? Ma cosa vai blaterando? Domani abbiamo una giornata pesante, Arthur. Faresti meglio a tornare a casa e riposare un po'.»

«Tornare a casa a fare che? Non ho mai niente da fare a casa.»

Si siede su un angolo del mio tavolo, e il suo alito

rancido puzza di Pastis. Gli faccio notare che devo finire di fare i conti, lui annuisce in silenzio e si avvia verso la porta.

Arrivato sulla soglia, si gira e mi dice: «Quando ti vedo dietro la scrivania, vedo tuo padre. Era un tipo eccezionale. Penso spesso a lui».

Questa volta faccio proprio finta di non sentire e Arthur va a fumarsi la sua sigaretta serale sulla solita tomba.

21.

È domenica, ed è il primo giorno che passiamo insieme tutto intero. Sono le cinque del pomeriggio e il crepuscolo invade già le strade della capitale. Ci sono luci alle finestre dei palazzi, condensa sui vetri dei bistrot, gente infreddolita che si inabissa nell'entrata del metrò e noi due, silenziosi, seduti uno accanto all'altra sul bus. Ho la testa sulla sua spalla, lui la mano sulla mia coscia, ed è bello.

Dove andiamo così?

Non lo sappiamo, andiamo e basta.

Poco fa, dopo essere usciti da casa sua, abbiamo camminato fino ai Grands Boulevards per prendere un po' di aria. Quando la pioggia ha cominciato a picchiettarci sulla testa, siamo saliti sul primo autobus che passava da lì. Destinazione, il caso.

In place de l'Opéra, ci guardo riflessi nel vetro. Trovo che stiamo bene insieme e mi dico che, quasi quasi, somigliamo a una coppia.

Una vera.

Stamattina avevo già fatto questa riflessione prima di uscire per andare a comprare dei croissant. Dopo colazione abbiamo fatto l'amore, poi abbiamo sonnecchiato intorpiditi dagli amplessi e ci siamo detti che ci amavamo.

Ci?

A dire il vero, l'ho detto solo io, ma ci ho messo tanta convinzione, tanta sincerità, che le mie parole hanno risuonato per due.

L'autobus sobbalza sui ciottoli lucenti del cortile del Louvre. Tutto mi sembra incantevole, stasera. Mi piacerebbe descrivergli la Piramide, quel grosso diamante di vetro che si riflette nell'acqua ondeggiante della vasca ottagonale, le aiuole di tassi potati con precisione geometrica, i tigli e gli olmi spogli delle Tuileries, l'Arco di Trionfo del Carrousel e i suoi cavalli di bronzo, i venditori ambulanti che tampinano i turisti per propinare loro dei portachiavi a forma di scimmietta che mostra il pistolino rosso se si schiaccia sulla pancia, e questo cielo nero come la pece, senza stelle, sotto cui mi sento così felice. Ma non lo farò, terrò tutto questo per me, perché ormai so che Léo, quand'è con me, vede solo me.

La Senna.

«Ti va una poesia, Léo?»

E senza aspettare la sua risposta recito, trascinata dallo slancio:

«*Sotto il Pont Mirabeau scorre la Senna*
e i nostri amori
potrò mai scordarlo
c'era sempre la gioia dopo l'affanno...»

Rovescia la testa all'indietro, si morde il labbro e scava nella memoria per ritrovare il nome di quel poeta di cui aveva imparato i versi al liceo Pierre-Curie di

Gentilly. Dopo una serie di: «Merda! Merda! Merda!» sorride a pieni denti: è Guillaume.

Guillaume come?

Buco nero. Si impunta nel voler ritrovare il cognome di quel Guillaume che amava parodiare per fare colpo sulle ragazze. Si ricorda che aveva il nome di un'acqua frizzante. Ma sì, certo: è Apollinaire, Guillaume Apollinaire.

L'autobus sbuca in rue de Rennes, ed eccoci a Montparnasse, con la sua alta torre di vetro che si perde nel cielo, la stazione di una bruttezza insuperabile, le squallide crêperie, i cinema, il capolinea e noi due impalati sul marciapiede della piazza a chiederci cosa ci facciamo lì fuori, con dieci gradi sotto zero.

A Léo piacerebbe andare al cinema. Si ricorda che l'ultimo film che ha visto era *Quasi amici*. L'aveva trovata divertente quella storia di un bianco aristocratico e tetraplegico, inchiodato su una sedia a rotelle, che diventava dipendente da un giovane nero, imbroglione ma simpatico. Ha ancora in mente le gag, i numeri, i quiproquò, la risposta cult: «Niente cioccolato per l'handicappato».

Gli viene ancora da ridere.

La sua risata si ferma di colpo. Sta pensando che la vita, quella vera, riserva davvero amare sorprese. Oggi è lui l'invalido nero aggrappato al suo bastone da cieco, e io la donna bianca che gli diventa ogni giorno più indispensabile. Mi cerca la bocca con l'indice, mi posa sulle labbra un dolce bacio e dice: «Adèle, ora sei tu il mio quasi amico, insieme siamo intoccabili».

La sua frase mi fa venire la pelle d'oca, va dritto al cuore, vacillo. Léo mi prende tra le braccia, mi bacia sulla fronte e mi chiede cosa c'è da vedere nel quartiere. Gli elenco le commedie romantiche che danno al Gaumont e al 7 Parnassiens.

Arriccia il naso. «Nient'altro? I film dove succede tutto nel silenzio, tra sospiri e scambi di sguardi, per me sono un po' difficili da seguire...»

Vorrebbe un bel film d'azione con grandi effetti sonori, grida, singhiozzi, lacrime, risate, voci concitate, musica con violini e tamburi. È solo in un casino del genere che riesce a seguire la storia.

Al Miramar danno *Django Unchained*, l'ultimo di Tarantino. Per lui va bene, si frega le mani e dice che con Tarantino quanto a rumore e furore non si resta mai delusi.

Io sospendo il giudizio: starò a vedere.

Vedo e, com'era prevedibile, non mi piace. Uno dei peggiori western in cui sia mai incappata. È ambientato nel Sud degli Stati Uniti prima della guerra di secessione. Un cacciatore di taglie tedesco acquista Django, uno schiavo nero. Il tedesco, di cui già non ricordo più il nome, gli promette la libertà dopo che avranno acciuffato alcuni pericolosi malfattori. Niente mi viene risparmiato: porte da saloon cigolanti, colpi di arma da fuoco, colpi di frusta, urla, rutti, peti, scazzottate, grasse risate, cavalcate selvagge e dialoghi sulla schiavitù di una superficialità sconcertante. Mi annoio tanto che passo il tempo a guardare Léo. Resta impassibile quando gli altri tremano per la vita di Django, non si accorge delle ombre minacciose dei fuggitivi, così come dello sguardo complice tra il padrone e lo schiavo. In compenso, la rotazione di un tamburo di pistola, la lama di un rasoio che viene affilato su una pietra, i rantoli di un agonizzante, il nitrito di un mustang mentre precipita in un canyon lo fanno fremere. Alcuni effetti sonori esasperati fino alla caricatura lo fanno ridere in modo così irrefrenabile che disturba i nostri vicini.

Dopo il film andiamo a sederci alla Coupole e prendiamo una cioccolata calda spumosa e zuccherata. Una delizia. Léo è al settimo cielo: era un'eternità che non passava una serata così bella.

L'ultima volta era stata quando aveva visto *Quasi amici.* Non era da solo. Era...

Si interrompe. Poi, dopo un lungo silenzio, mormora: «Ero con Clara, un'amica».

«Un'amica o la tua ragazza?»

«La mia ragazza. Lavorava al circo come me. Era ammaestratrice di foche.»

Finisco la mia tazza di cioccolata calda, trovando che abbia improvvisamente un sapore di cenere. Guardo le vetrate della brasserie e il mio pensiero si concentra tutto su quella Clara che ho già visto accanto a lui sulla locandina attaccata all'anta dell'armadio. La immagino lì, vicino a noi, sul divanetto, intenta a spiarmi e a trovarmi troppo grossa, con troppo seno, troppo bionda, con un brutto naso, stupida, appiccicosa, non all'altezza, ridicolmente innamorata...

Léo, che sente il mio malessere, mi prende la mano. «Mi ha mollato quando ha saputo che avrei passato il resto dei miei giorni senza più poterla vedere. È uno schifo, ma è la mia vita. Forse io avrei fatto lo stesso, chissà?»

«La scusi perché in fondo la ami ancora.»

«Cosa vuoi che cambi, visto che lei per me non esiste più?»

Gli appoggio la testa alla spalla e gli mormoro all'orecchio: «Stasera dormiamo a casa mia».

È d'accordo. Mi rannicchio contro di lui come se temessi di perderlo.

22.

Quando entriamo in casa, Leïla e Hubert sono sul divano mezzi svestiti, con i piedi sul tavolino del salotto. Hubert si sistema i pantaloni e si abbottona precipitosamente la camicia, Leïla cerca di ricomporsi, copre il seno sinistro con la vestaglia di seta rosa, si sistema i capelli e si scusa.

Di che?

Non lo sa, ma si scusa lo stesso.

Dopo questo intermezzo di confusione, faccio le presentazioni: Léo tende la mano, Hubert la stringe con vigore. «Piacere, ci siamo già visti al compleanno di Adèle, credo.»

Sghignazza accorgendosi della sua gaffe e inizia a vantarsi non troppo velatamente del suo mestiere di presentatore a Télélavie. Dopo un quarto d'ora abbondante di chiacchiere, conclude che *Piccoli ruscelli formano grandi fiumi*, la trasmissione che presenta, è destinata a risolvere i problemi quotidiani di molti francesi senza mai, però, cadere nel voyeurismo, nella banalità o nel cinismo.

Mentre ci stiamo per addormentare, storditi dalle sue parole, Hubert ci chiede di suggerirgli qualche idea originale, se ne abbiamo, per perfezionare ulteriormente la sua trasmissione.

A mezzanotte, io non ho nessuna idea da suggerirgli. Leïla, morta di fatica, si è già rifugiata in cucina. Léo sbadiglia di noia e gli dice: «Ehi, ma hai fatto degli studi apposta per avere tutta questa parlantina? Riusciresti a vendere lenti a contatto ai ciechi, se volessi».

Reprimo a fatica una risata di sfinimento. Hubert, offeso, va a letto borbottando frasi incomprensibili.

Raggiungo Leïla in cucina. Seduta su uno sgabello mangia un cornetto al cioccolato e mi chiede se intendo ospitare Léo da me per una sera o più, in caso di affinità.

Le rispondo, un po' perfida: «Non sono sicura che sia portato alla coabitazione, lui».

«Ah...»

Colpita e affondata. Incrocia le gambe e continua a mangiarsi il suo gelato. A vederla leccare con la punta della lingua il cioccolato fuso che gocciola lungo il cornetto mi viene voglia di qualcosa di fresco.

Apro il congelatore e tra i cornetti e i petti di pollo vedo un sacchetto di plastica di Franprix. Lo apro e sobbalzo di orrore: è il cadavere di Claudine!

Chiudo sacchetto e congelatore e urlo: «Cosa diavolo ci fa il cane della portinaia lì dentro?!».

Claudine è stata investita stamattina all'alba da uno scooter che andava a velocità sostenuta sul marciapiede. Colpita alla testa, è morta agonizzante tra le braccia della sua padrona che, in preda a un dolore inconsolabile, ha supplicato Leïla di ridarle un'apparenza di vita. Tirata giù brutalmente dal letto, Leïla non ha avuto la prontezza di rispedirla dritta a casa sua coi suoi singhiozzi. Ha imbottito Claudine di iniezioni di biocidi per arrestare la putrefazione delle viscere e l'ha sistemata in uno scomparto del congelatore con la promessa di consegnarla il prima possibile a un amico imbalsamatore.

Quando?

Il weekend prossimo, probabilmente.

È domenica sera, molto tardi. Questo significa che Claudine passerà cinque lunghe giornate a meno quindici gradi, tra i petti di pollo, i gelati e gli altri surgelati del mio freezer.

Sono così stremata, costernata e divertita dalla situazione che non ho la forza di fare niente, neanche di indignarmi un po', giusto per salvare le apparenze.

Do il bacio della buonanotte a Leïla, mi trascino fino al salone, prendo Léo per il braccio e lo porto in camera con me.

Quella notte, le mie grida, i miei gemiti, i miei baci e le mie carezze sono posticci. Devo fingere, perché non riesco a togliermi Clara dalla testa. Appena chiudo gli occhi, la vedo tra le braccia di Léo, che con occhi lucenti di desiderio – un privilegio che a me non toccherà mai – le sussurra parole d'amore, le stesse che sussurra a me quando il mio corpo e il suo, sfiniti dall'amplesso, sono ormai una sola cosa. E quell'immagine soffoca ogni mio slancio.

Léo non si è reso conto di niente. È steso sulla pancia, io gli ho appoggiato la nuca sui glutei e stiamo in silenzio ad ascoltare i nostri respiri all'unisono.

All'improvviso sobbalza: si è ricordato che ha appuntamento domani sera con Étienne, al Quinze-Vingt, per la sua visita di routine. Gli propongo di accompagnarlo, ma scuote la testa: vuole andarci da solo, come sempre. Preferisce annunciargli di persona che stiamo insieme.

Sorrido immaginando la faccia che farà mia sorella quando Étienne le dirà che io e Léo facciamo coppia, poi chiudo gli occhi. Clara è ancora lì, stretta contro il corpo di Léo. Cerco di prendere sonno. Conto i carri funebri, le lapidi, i sentieri del Père-Lachaise, ma non serve a niente. Lei è sempre lì, tra me e lui. Incancellabile. Bella. Ingiustamente bella.

23.

Non ho neanche il tempo di infilarmi la giacca nera, sistemarmi i capelli e richiudere la mia bara che Abdelmoumen già mi sta col fiato sul collo. Lancia uno sguardo all'orologio sopra il frigo: segna le due del pomeriggio. Mi invita con tono mellifluo a bere con lui il caffè che ha appena preparato. Declino, perché sento che sta per tirare fuori di nuovo la questione dell'aumento. Non insiste, mette un po' a posto il retrobottega, sposta una lapide da uno scaffale all'altro e stacca dal treppiede una corona di fiori artificiali per appenderla di traverso all'appendiabiti della porta. Passa il piumino sulle urne, sciacqua la vaschetta dell'acqua della macchina del caffè, prende la scopa, un colpetto di qui, uno di là.

Il suo zelo mi diverte e mi preoccupa. Lo punzecchio: «Abdelmoumen, le è venuta la sindrome della casalinga? Eppure non è il suo genere...».

Si ferma, si appoggia al manico della scopa e senza sorridere mi chiede: «Ha pensato a me, capo?».

«Avrei dovuto?»

Annuisce strofinando il pollice e l'indice. E mi ricorda che, soprattutto da quando arrivo in ufficio ogni giorno all'inizio del pomeriggio, lui è in via ufficiosa il numero due del negozio. Ne approfitta per ricordarmi anche che il suo stipendio è uguale a quello di Arthur, l'anello debole dell'attività. Mordo il freno in attesa che finisca le sue lamentazioni. Parla gesticolando di ingiustizia, di imparzialità, rigurgita slogan contro i padroni che non sentivo dai tempi delle manifestazioni tra Bastille e République con Xavier. Dato che vede che non reagisco, diventa sottilmente minaccioso: proprio lo scorso fine settimana, Ad Vitam Aeternam lo ha contattato per un posto da cerimoniere con uno stipendio ben più attraente del suo. Il signore esita, si fa molte domande, attende di sapere da me cosa ho in mente per lui prima di dare la sua risposta; non vorrebbe certo abbandonare la Maison Reverdy per questioni di soldi, tuttavia mi prega di prendere una decisione al più presto perché Ad Vitam Aeternam ha altri candidati in lista.

«Allora, cos'ha deciso per me, capo?»

«Per te niente, come per gli altri. Non ho previsto alcun aumento. I conti non lo permettono, vedrò più avanti.»

«Più avanti potrebbe essere troppo tardi.»

Non sopporto il modo in cui cerca di mettermi sotto pressione, così gli rinfresco un po' la memoria ricordandogli che quando l'ho assunto come portantino, cinque anni fa, era solo un immigrato clandestino e che all'epoca mi sono sporcata le mani facendogli perfino delle buste paga retrodatate perché potesse ottenere il permesso di soggiorno. Oggi che il signore è perfettamente integrato, che ha una carta di credito e si veste al reparto uomo di BHV, oggi che è il mio cerimoniere, ebbene oggi il signore riflette se deve o no soccombere, per un pugno di euro, alle sirene della concorrenza...

E, visto che mi ha fatto proprio perdere le staffe, aggiungo: «Non rimpiango certo di averla aiutata a uscire dalla miseria, ma sinceramente, a questo punto, oggi non lo rifarei».

L'ho colpito nell'orgoglio. Diventa tutto rosso, giura che non mi tradirà, spazza rabbiosamente attorno a sé, si ferma, ammette che in realtà non ha ricevuto nessuna proposta da Ad Vitam Aeternam, che era tutto un bluff, solo per farmi piegare. Si scusa di essere stato inopportuno, maldestro, prevedibile. Va a riporre la scopa, risistema la corona di fiori finti sul suo treppiede, mi porta una tazza di caffè e, in un tentativo disperato, si lamenta che ha tre bocche da nutrire e che le feste di fine anno lo hanno lasciato in braghe di tela. Lo rimetto a posto per l'ultima volta: non posso dargli alcun aumento perché ci manteniamo appena a galla; questo mese, ho fatto persino fatica a pagare i fornitori. Vado nel mio ufficio e gli tendo il suo promemoria del giorno. È già sulla soglia quando mi butta lì: «Cento euro e non ne parliamo più. Può andare, capo?».

Mi siedo sulla sedia e clicco nervosamente sul mouse per calmarmi. Mio Dio, come vorrei che si volatilizzasse! E invece è sempre lì, davanti alla porta, ad annodarsi la cravatta nera e a saltellare da un piede all'altro come se gli scappasse la pipì. Non ne posso più di averlo davanti agli occhi, mi alzo di scatto, vado verso di lui e cedo: «Okay, vada per cinquanta euro, ma non una parola con gli altri».

Mi abbraccia, giurando su Allah che sarà muto come una tomba.

E le ore passano. O, meglio, non passano. Per tenermi occupata ordino al signor Combray di Office funéraire due dozzine di crisantemi, due bare modello Saint-Georges e una Salima. Saldo un po' di fatture arretrate e faccio avanti e indietro non so quante volte nel mio showroom.

Arthur parcheggia il carro funebre sul marciapiede davanti al negozio e scende titubante, si vede che ha bevuto; va verso la sua tomba, si siede sulla lastra e accende con mano tremante una sigaretta. Poi si gira verso di me: le sue guance rugose sono bagnate di lacrime. Vado a sedermi accanto a lui; si asciuga gli occhi con la manica e mi dice: «Oggi sono venticinque anni che se n'è andata. È per dimenticarla che ci ho dato dentro con la bottiglia».

«Venticinque anni. Non puoi certo passare il resto dei tuoi giorni nel dolore. Rimettiti in pista, Arthur, prenditi qualche giorno di vacanza.»

«Vacanza per andare dove? Con chi? Tu ci verresti in vacanza con me?»

Non rispondo.

Si alza, appoggiandosi con tutto il suo peso alla mia spalla, e trascina i piedi fino al retrobottega per cambiare il suo abito da becchino con uno ancora più lugubre.

Un cliente entra in negozio un attimo prima della chiusura, sullo spiazzo mette un piede sulla tomba di Arthur e un pezzetto di granito si stacca dalla lastra. Penso che un giorno o l'altro bisognerà davvero che mi liberi di quel vecchiume, che rovina tutta l'estetica dell'esposizione.

24.

Mi ritrovo con Léo al Général la sera tardi. È diventata un'abitudine e le abitudini mi rassicurano: per me è la prova che iniziamo a costruire qualcosa di solido, di profondo, e chissà, magari, di duraturo. Anche a Léo piace il momento in cui ci rivediamo dopo il lavoro. A volte non ci diciamo nulla e andiamo a sederci in fondo al locale, uno di fianco all'altra sul divanetto di finta pelle rossa, con un bicchiere di Bordeaux in mano, di fronte allo schermo gigante che trasmette a ripetizione clip musicali. Ma questa sera è diversa dalle altre: Léo aveva appuntamento con Étienne e sono ansiosa di sapere come gli ha parlato di noi, del nostro rapporto, delle cose che facciamo insieme.

Gli avrà detto quanto sono diventata importante per lui?

Léo rovescia la testa all'indietro, come ogni volta che si sente a disagio, e vuota il bicchiere di vino fino all'ultima goccia.

Voglio sapere.

Insisto perché risponda.

Quando gli ha rivelato che usciva con qualcuno, Étienne gli ha fatto un sacco di feste. Ma quando gli ha detto che quella persona ero io, Étienne ha pensato a uno scherzo, uno scherzo bello e buono. E accorgendosi che Léo si era accigliato ha aggiunto, imbarazzato: «Rose non mi ha detto nulla. Lei lo sa?».

Léo gli ha risposto col silenzio.

Poi lo ha visitato, senza riscontrare alcun miglioramento dall'ultimo controllo. Léo continua a vivere in un mondo grigio e nero nel quale percepisce, come barlumi di speranza, solo rare ombre e contorni sfocati di oggetti o forme umane. Accompagnandolo alla porta dello studio, Étienne lo ha preso per la spalla e gli ha detto: «Siete sicuri di non fare una sciocchezza?».

«Sono felice con Adèle. Per il resto... so che non sarà semplice.»

Étienne gli ha augurato coraggio e buona fortuna: parole che non appartengono al vocabolario dell'amore.

Léo mi appoggia la testa sulla spalla, fa scivolare le dita tra le mie. È contrariato. La nostra storia d'amore gli fa paura, ha l'impressione che adesso inizieranno a presentarsi i problemi.

I problemi.

Quali problemi?

Io lo amo, lui mi ama. Ci amiamo.

Dov'è il problema?

All'improvviso mi sento preoccupata anch'io, e non posso impedirmi di chiedergli, in cerca di rassicurazione, se mi ama quanto lo amo io. Per la prima volta si toglie gli occhiali neri in un luogo pubblico, mi prende la testa fra le mani e mi costringe a guardare i suoi occhi da pesce morto. «Quando sono con te, voglio assaporare ogni momento di felicità come se fosse l'ultimo. Capisci?»

No, non capisco. Non voglio capire.

Incolla la sua fronte alla mia, mi bacia e mi sussurra

a un soffio dalla bocca che ha paura che un giorno io mi stanchi di stare con un cieco e che lo lasci, come gli è già successo. Ecco perché vuole vivere la nostra storia giorno dopo giorno, senza pensare al domani.

Il gestore del Général viene a prendere i nostri bicchieri vuoti sul tavolo, spegne lo schermo, abbassa le luci e gli ultimi clienti si avviano verso l'uscita; è mezzanotte passata.

Abbiamo continuato la conversazione nel suo appartamento immerso nell'oscurità, seduti al tavolo: frammenti di frasi senza testa né coda e piccoli scoppi di risa che terminavano tutti con: «Amore oggi, amor per sempre», «Amore odierno, amore eterno».

Poi ci siamo spogliati.

Mi piace stare nuda al buio con lui. Al buio non penso a me stessa, mi abbandono, mi lascio andare del tutto, il buio è il colore delle mie notti, il colore dei miei giorni, il mio rifugio, il mio paese, il buio è il colore dell'uomo che amo, sono fatta per vivere e morire nel buio.

Sono distesa, la testa sul suo petto, e lui mi sfiora con le dita gli occhi chiusi, la fronte, il naso, le labbra, il seno. In quei momenti sono così felice che mi sembra di morire di piacere. La sua mano destra continua a esplorarmi il corpo; quando arriva all'ombelico, la prendo, la stringo e gli chiedo di urlarmi che mi ama.

Ride e mi dice: «Ti amo», con tono neutro, come se stesse dicendo buongiorno al panettiere.

Stringo più forte. Allora inizia a declamare dei «Ti amo» appassionati, focosi, poi timidi, pudichi, rassegnati, ma è solo teatro, una cosa fatta per divertirsi.

A me però quel gioco non piace per niente. Lascio la presa e gli chiedo: «Come lo dicevi "Ti amo" a Clara?».

Léo si irrigidisce di colpo, mi gira la schiena e borbotta: «Adesso lasciamo perdere questa storia, devo dormire, domani ho una giornata d'inferno».

Si tira su la coperta sulle spalle. Mi stringo contro di lui nell'incavo dei reni, in modo che le mie curve seguano la sua schiena, il suo sedere, le sue gambe. Voglio essere vicinissima a lui per addormentarmi al ritmo del suo cuore. Gli mormoro nella nuca: «Léo, tu mi ami?».

«Avvicinati un po' di più, ho ancora freddo.»

«Léo...»

«Ancora più vicino.»

25.

Forte del suo aumento di stipendio, Abdelmoumen è arrivato tutto contento al lavoro con un sacchetto di croissant che si apprestava evidentemente a mangiare nel mio ufficio. Quando mi ha vista dietro il computer, mi ha salutata un po' dispiaciuto di non essere più al posto del capo di prima mattina, mi ha offerto un croissant e se n'è andato a mangiare nel retrobottega.

Le nove. Un cliente entra nel mio ufficio e dal suo buongiorno franco e squillante capisco subito che non viene per un lutto.

Ci ho azzeccato.

È un poliziotto in borghese, molto giovane, molto fresco, molto carino, che viene ad annunciarmi una cattiva notizia.

Ieri sera Arthur ha avuto un incidente d'auto in place de la Nation. L'ambulanza lo ha portato all'ospedale Tenon dove gli hanno diagnosticato un leggero trauma cranico, oltre a una slogatura alla caviglia e alcune ferite al volto. Il poliziotto si interrompe un momento, come per dosare gli effetti di quanto sta per annunciarmi: eh, sì, perché il peggio è da venire. Arthur, ubriaco oltre misura, si è immesso contromano nella piazza causando un maxitamponamento. Infine (perché anche le cattive notizie hanno una fine!) il mio carro funebre, non più in grado di circolare, è disponibile al ritiro al deposito di Bercy, entro otto giorni, dopo di che sarà inviato allo sfasciacarrozze per essere distrutto. Abdelmoumen, che non ha perso una parola della conversazione, entra nell'ufficio apportando ulteriori rivelazioni: ieri sera ha visto Arthur mentre veniva buttato fuori dal cameriere del bistrot di fronte, e quando gli ha proposto di accompagnarlo a casa, Arthur, che non si reggeva quasi in piedi, non lo ha neanche riconosciuto.

Chiamo immediatamente il signor Combray di Office funéraire per affittare un carro funebre, mando Abdelmoumen a Bercy a recuperare il nostro e salto in un taxi per dire a Arthur tutto quello che ho da dirgli.

Quando spingo la porta della sua stanza, lo trovo che dorme con la bocca aperta, gli occhi chiusi, una flebo nel braccio. Ha il viso tagliuzzato dai pezzi di vetro del parabrezza, la caviglia sinistra ingessata e la mano destra coperta da una semplice benda, il che fa pensare che quello sia il male minore. Mentre giro i tacchi per aspettare che si svegli in sala d'attesa, apre un occhio e sussurra con voce agonizzante: «Mi dispiace per il carro funebre, Adèle».

Ad Arthur dispiace per mio il carro funebre. Cerco di contenere la rabbia che monta, ma non resisto a lungo. Gli dico che la misura è colma, che è inutile che cerchi di intenerirmi ricordandomi tutti gli anni in cui ha lavorato per la ditta Reverdy, l'ammirazione sconfinata che aveva per mio padre, eccetera eccetera: adesso basta, non gli farò più nessuna concessione. Ormai sarà trattato come tutti gli altri colleghi e se non gli va bene, be', la porta è aperta. Si raddrizza con una smorfia di dolore e allunga il braccio per prendere il bicchiere d'acqua sul comodino. Beve lentamente, molto lentamente. I suoi occhi grigioazzurri, di solito così spenti, sono pieni di lacrime. In quello sguardo c'è più disperazione del solito. Una volta vuotato il bicchiere, si asciuga gli occhi e dice: «È solo quando bevo che riesco a dimenticarla. Lei era il mio sole. Poi un giorno il cielo mi è crollato sulla testa e il sole non ha mai più brillato per me. Prima o poi ti parlerò di Thérèse se ne avrò il coraggio».

«Non fai altro che parlare di lei! Hai solo lei in testa. Ma lo sai quanto mi costerà, la tua Thérèse? La riparazione del carro, e in più dovrò pagare qualcuno a tempo per sostituirti. Non voglio più sentire parlare di questa storia.»

«La riparazione del carro è a carico mio. Ho fatto una cavolata, e pago. Okay?»

Esco senza rispondere.

Nel corridoio incrocio il medico di servizio circondato dai giovani specializzandi; mi informa che Arthur resterà ingessato per due settimane e dovrà stare a casa a riposo per un mese.

26.

Sono appena tornata in negozio quando Étienne mi chiama per invitarmi a pranzare con lui. Se sono d'accordo, prenoterebbe un tavolo al Bœuf Couronné, la grande brasserie d'angolo sull'avenue Jean Jaurès. Accetto perché il tono imbarazzato della sua voce mi fa pensare che non parleremo solo di bare e di controfiletto.

Ancora una volta, ci ho azzeccato.

Per tutto il pranzo Étienne tergiversa alludendo a Léo solo per piccoli accenni divertiti o benevoli: un tipo a posto, divertente per di più, di bell'aspetto e con delle mani d'oro.

Che altro?

Simpatico, sì, molto simpatico. Il vero motivo del nostro tête-à-tête viene fuori al momento del dessert. Il tono della conversazione smette di essere sibillino e superficiale. Étienne si riferisce a Léo con parole che mi fanno venire i brividi nella schiena: cecità, diplopia e degenerazione delle lesioni al nervo ottico che avrebbero potuto probabilmente essere evitate se, subito dopo la caduta dal trapezio che lo aveva sprofondato nel coma, gli avessero fatto alcuni esami tomodensitometrici e neurologici. Si sarebbero subito resi conto, in quel caso, che non c'era apporto sanguigno sufficiente alla papilla ottica e gli avrebbero fatto i trattamenti giusti per dilatare il nervo.

Per semplificare la cosa – perché vede che mi perdo un po' in quel flusso di informazioni – tira fuori dalla tasca una biro e disegna sulla tovaglia di carta bianca una lampadina collegata a un filo elettrico che non trasmette più energie, o non sufficienti. È dunque a causa di una negligenza del pronto soccorso dell'ospedale che Léo si dibatte in un mondo di nebbia e ombre.

Étienne non mi ha invitata solo per informarmi nel dettaglio della malattia di Léo; vuole soprattutto che io sia consapevole di come vivere con un non vedente possa stravolgere la mia esistenza. Ogni giorno sarà una prova. Dovrò affrontare lo sguardo degli altri, la commiserazione o, peggio, la pietà. E ai primi litigi finirei per non vedere in Léo altro che un invalido.

Quel suo modo di dipingermi un futuro da cane per ciechi mi è insopportabile. Butto lì, per sviare un po' il discorso: «Pensi che non ci siano proprio speranze che possa tornare a vedere un giorno?».

Silenzio imbarazzato. Étienne vuota il suo bicchiere di vino rosso e fissa un punto immaginario al di sopra della mia testa.

Insisto: «Allora, nemmeno una possibilità?».

Quando finalmente riesco a incrociare il suo sguardo, mi prende la mano con fare affettuoso e dice: «Esisterebbe un'operazione, ma qui non la fanno, e in più la percentuale di riuscita è molto bassa. Una possibilità su trenta, forse. E costa decine di migliaia di dollari».

Étienne parla in moneta americana perché è a New York, in una clinica specializzata dove ha lavorato per un po' dopo la fine degli studi, che si arrischiano a praticarla. Ma Léo tutte queste cose le sa già; Étienne non gli ha nascosto nulla della somma che gli servirebbe e delle possibilità bassissime che avrebbe di recuperare la vista.

Be', a questo punto, che altro abbiamo da dirci?

Niente.

Ah, sì, un'ultima cosa, Étienne ha invitato Rose a prendere il caffè con noi; o, meglio, è lei che gli ha chiesto di esserci quando le ha riferito che io e Léo stavamo uscendo insieme.

Nel giro di pochi minuti, eccola che si siede di fronte a me: bella come sempre e contrariata come non mai. Mi guarda con costernazione, come se io fossi la sua croce, il suo cruccio, il motivo di ogni sua pena. Ma me ne frego del suo giudizio, me ne frego di tutti i giudizi, e se me lo chiedesse potrei ripeterle all'infinito che io Léo lo amo, e basta. Peccato che non me lo chieda. Beve il suo caffè in tre sorsate, si rimbocca le maniche della camicia e senza preamboli dice che mi trova irresponsabile a imbarcarmi in un'avventura di cui già prevede il fiasco.

Mi sembra di avere di fronte la mamma che mi fa la ramanzina. Era molto brava, anche lei, a drammatizzare all'eccesso tutto quello che non le andava a genio.

Si rivolge a Étienne per trovare un sostegno, un sorriso di connivenza, altri argomenti per ricondurmi alla ragione, ma non riceve in risposta altro che un sospiro stanco.

Ne ho avuto abbastanza per oggi: mi alzo da tavola per tornare al lavoro. Rose mi accompagna alla porta del ristorante e mi stringe a sé, come fa ogni volta che si accorge di aver esagerato, prima di dire: «Sinceramente, non può essere una cosa seria con Léo. Non credi?».

«E perché? Perché è cieco?»

«Devi riconoscere che non fai nulla per semplificarti la vita. Io ti metto in guardia solo perché non voglio vederti soffrire. Voglio solo la tua felicità.»

«Mi faresti felice se non te ne occupassi più.»

«Mah. Vedi un po' tu. Se si può dire così.»

E su questa conclusione, che non conclude nulla, torna al tavolo da Étienne.

Faccio una deviazione attraverso il parco della Villette per digerire quel pranzo che mi è rimasto sullo stomaco. È molto tempo che non vengo qui.

La luce cruda e bianca del sole inonda le distese verdi dei prati e mi riscalda il cuore. Vicino alla Fontana dei Leoni una bambina in giacca a vento a fiori viola e oro gioca a campana. Alla sua età, anche a me piaceva fare quel gioco davanti a quella fontana. Sul piazzale di fronte alla Grande Halle una ragazza dai capelli rossi canta, accompagnandosi con la chitarra, una canzone di Axelle Red sotto lo sguardo indifferente dei passanti.

La ascolto un po', le lancio una moneta nel piattino e continuo per la mia strada canticchiando allegramente *Sensualité*.

Non ho più voglia di tornare alle mie bare, al mio computer, alle mie fatture, alla sfilata dei clienti a lutto. Mi siedo a gambe incrociate sulla banchina del canale dell'Ourcq e di fronte al grande sole invernale che mi illumina la pelle pallida con i suoi raggi, mentre guardo le chiatte scivolare lentamente sull'acqua scura, mi sento finalmente bene.

La ragazza dai capelli rossi mi raggiunge, suona tre accordi alla chitarra e canto con lei: «*Ti amo. Amo i tuoi occhi, il tuo odore, i tuoi gesti tutti dolcezza, sensualità*».

Poi se ne va com'era arrivata.

La pausa è finita. Abdelmoumen mi chiama per avvisarmi che ha preso l'iniziativa di telefonare al centro per l'impiego perché ci mandino al più presto un sostituto per Arthur. Gli rispondo che mi prendo il pomeriggio libero. Lui non vede il nesso.

Ha ragione: non ce n'è alcuno.

Ho continuato a girovagare per le vie di Parigi senza meta e la sera avevo tanta fretta di vedere Léo che ho preferito aspettarlo davanti alle Terme del Paradiso invece che nella saletta del Général.

Non avrei dovuto.

Appena prima della chiusura è uscita una donna che somigliava a Clara. Sono stata colta dal terrore. L'ho immaginata distesa nuda sul lettino da massaggio mentre le mani di Léo le percorrevano il corpo come fanno con il mio.

A un certo punto mi è passata davanti, e ne ho avuto la certezza: era proprio lei, ed era ancora più bella che sulla locandina attaccata all'anta dell'armadio di Léo.

Ero così scossa che volevo tornare a casa.

I neon azzurri e gialli delle Terme del Paradiso si sono spenti, Léo è uscito dalla porta di servizio e ha fatto qualche passo in direzione del Général, ma alcuni bidoni della spazzatura gli sbarravano il passaggio sul marciapiede. Li ha tastati col bastone bianco per aggirarli, ma era tempo perso. Ha fatto dietrofront e a quel punto l'ho acchiappato per il braccio. Lui ha sobbalzato, poi ha riconosciuto la mia voce ancora turbata dall'emozione: «Non aver paura, sono io».

Ha sorriso, allungando il collo per baciarmi, ma mi sono tirata indietro. Mi ha posato le dita ancora profumate di olio di argan sul viso per trovarmi le labbra, e una lacrima è andata a perdersi sul suo pollice. Mi ha dato un bacio sulla bocca; non ho sentito nulla.

27.

Léo ha cucinato maccheroni con sugo di pomodoro al quale ha aggiunto scaglie di parmigiano e certe listarelle di prosciutto crudo che stazionavano nel suo frigo da quando lo conosco. Mangia con un appetito da lupi.

Io non ho fame, butto tutto nella spazzatura e apro una bottiglia di vino bianco. È un aceto terribile, da bucare lo stomaco; me ne scolo un bicchiere, due... metà bottiglia, e quando l'alcol inizia a farmi fibrillare i neuroni gli annuncio che domani sera ho proprio voglia di andare un po' a rilassarmi all'hammam. Léo mi risponde che per un massaggio personale non c'è nulla di meglio dell'intimità di casa.

Gli ripeto che preferisco aspettare domani perché ho avuto una giornata così faticosa che non riuscirei ad approfittare appieno dei suoi benefici. Ma, quando si arrotola le maniche della camicia e stende verso di me le sue mani nere, non riesco a resistergli: spengo la luce, mi spoglio, mi fa stendere sul letto e io mi abbandono come ogni volta che sento la sua pelle contro la mia.

Dopo l'amore gli appoggio la testa sulla spalla e mi sento così leggera che per un attimo penso di parlargli di Clara, ma mi trattengo: ho paura di rovinare tutto.

Con la punta delle dita gli esploro le spalle larghe e scolpite dai muscoli, il collo, le labbra scure e carnose che sanno baciare così bene, poi gli passo la punta della lingua sulle palpebre; mi sussurra che se continuo gli farò venire un'altra erezione.

Sempre con la punta della lingua esploro ogni centimetro della sua pelle e quando la mia bocca è a un soffio dal suo sesso gonfio di desiderio, gli dico: «Adesso giochiamo a: "Se"».

La proposta lo fa subito ammosciare. Mi afferra la mano perché lo faccia eccitare di nuovo, ma lo respingo: adesso voglio sondare il fondo della sua anima.

Borbotta: «Che gioco è? Io non ho ne mai sentito parlare».

«Io ti faccio una domanda che comincia con "se", e tu la completi. Per esempio, se fossi un animale, saresti... Capito? Cominciamo da te. Se recuperassi la vista adesso, cosa vorresti rivedere immediatamente, come prima cosa?»

Léo trova quel gioco stupido e crudele perché, da quando Étienne gli ha detto che non ha speranze di recuperare la vista, è una domanda che cerca di non farsi. Ma, se proprio insisto, proverà a rispondere.

Se recuperasse la vista, la prima cosa che farebbe... sarebbe salire di nuovo sul trapezio e librarsi in aria per sfidare le leggi della gravità. Sì, il circo, i rulli di tamburi, la voce tonante del direttore, gli applausi scroscianti del pubblico gli mancano così tanto che, non c'è dubbio, è quello che gli piacerebbe vedere di nuovo, ora, subito, se...

Lascia passare un momento di silenzio e, a ben pensarci, no, non è il circo, e neanche il pubblico, la cosa che gli manca di più. Il giorno prima dell'incidente aveva prenotato un posto per il concerto di Bruce Springsteen allo Stade de France. Sì, ne è certo, è quel concerto mancato che andrebbe a vedere, subito...

Lascia passare un altro momento di silenzio, e poi, no, a ben pensarci, non è né il circo né il concerto di Bruce Springsteen la cosa che gli manca di più. Questo pomeriggio, mentre manipolava le carni molli e cellulitiche delle sue vecchie clienti, gli sono tornati in mente Gentilly e il liceo Pierre-Curie dove rimorchiava le ragazze inventando versi sotto il segno di Apollinaire. Oh, sì, gli piacerebbe vedere, ora, subito, come sono diventate le Nathalie, Nelly, Mélanie, Laurence e tutte le altre ragazze che sbattevano gli occhi per le rime del bel poeta...

Un altro momento di silenzio e, no, a ben pensarci ancora, né il circo né Bruce Springsteen né Gentilly. La cosa che gli manca di più è sua madre. Da quando il suo unico figlio ha raggiunto il regno dei non vedenti, langue, si rinchiude sempre più, la sua memoria si perde nel piccolo appartamento di Gentilly dove ormai confonde giorno e notte, mesi e anni, nomi e volti. Sì, a ben pensarci, è sua madre che vorrebbe rivedere, ora, subito, se...

Sono offesa di non essere nella lista dei desideri. Mi avvolgo nel lenzuolo e gli giro le spalle. Si incolla a me, ma lo respingo con un colpo di reni e gli dico: «E Clara, non ti piacerebbe rivederla, ora, subito? Perché se non hai voglia di vedere me, forse lei avrebbe più fortuna. L'ho vista uscire dall'hammam stasera».

«Ma se non la conosci nemmeno.»

«La vedo ogni volta che apro l'anta del tuo armadio. La guardi con occhi così innamorati che c'è da starci male.»

È rimasto di stucco.

«Adesso capisco perché volevi venire a farti massaggiare all'hammam.»

«Mi hai mentito. Non mi piace essere presa per un'idiota.»

Mi rivesto furiosamente.

Mentre premo con rabbia il pulsante dell'ascensore e le porte si aprono davanti a me con un rumore di ferraglia, Léo appare sul pianerottolo, mi tende la mano e mi prega di rientrare, vuole spiegarsi.

È da poco che Clara viene all'hammam, la sera tardi, dopo il lavoro – fa la commessa da Camaïeu, nella galleria di negozi della Gare de l'Est – ed è una sofferenza toccare quel corpo che ha tanto amato. È stata sua madre, in un momento di lucidità, a riconoscerla e a darle il suo recapito alle Terme del Paradiso.

Durante il massaggio, lei gli parla dei giorni felici in cui erano innamorati. Dopo il massaggio, promette di tornare presto.

Quando?

Non è mai una cosa programmata. Clara torna non appena le sue mani, la sua voce, il suo respiro, il suo odore iniziano a mancarle.

Léo lascia passare un altro momento di silenzio, poi prosegue: «Sono due anni che vivo nella nebbia. Credevo che mi ci sarei abituato, ma non ci riesco e non ci riuscirò mai. Se per miracolo recuperassi la vista, è te che vorrei vedere, ora, subito. Ma è un sogno impossibile. Non ho niente. Nemmeno un centesimo da parte. New York sarà sempre troppo lontana per me».

Si toglie gli occhiali scuri da cieco e, alla luce della luna che rischiara la stanza, vedo i suoi occhi da pesce morto piangere per la prima volta.

28.

Il busto rigido, le mani aperte sulle cosce corte e tarchiate, mi ascolta attentamente mentre illustro le condizioni di assunzione. Si chiama Kévin Doutreligne, ha vent'anni, i capelli biondi che ricadono sul colletto della giacca, due piccoli occhi di un azzurro intenso, spalle solide che sembrano fatte apposta per portare la bara e una carnagione cerea che si addice perfettamente al mestiere di becchino per cui si propone.

Che altro?

L'abito scuro, la camicia bianca e la cravatta nera sono perfetti, e sorride perfino quando aggrotta la fronte per riflettere. È il centro per l'impiego di Belleville che me lo ha caldamente raccomandato, perché è l'unico nella loro banca dati ad aver chiesto di lavorare nel settore della morte.

Che altro?

Ha l'aria di essere molto più sveglio di quel che appare e la cosa non mi dispiace affatto. Prima di firmare il suo contratto da interinale gli chiedo di togliersi dalla faccia quel perenne sorriso beato e gli ricordo che siamo un'impresa di pompe funebri e non un negozio di trucchi di Carnevale.

Kévin sorride e promette che cercherà di non farlo più.

Un cliente si presenta alla porta dell'ufficio trascinando dietro di sé una valigetta a rotelle. È un uomo senza età, grigio di carnagione, di capelli, di barba e di cappotto.

Kévin sorride e gli tende la mano calorosamente. «Buongiorno.»

Il cliente spalanca gli occhi stupefatto. Lo invito a pazientare per un momento indicandogli la sedia e chiedo a Kévin di uscire con me per insegnargli subito due rudimenti della professione.

Numero uno: non si augura mai il buongiorno a un cliente sprofondato nello sconforto. Allo stesso modo, niente: «Cosa posso fare per lei?» nessun: «Arrivederci» o «Comunque, buona giornata». Da evitare anche commenti del tipo: «È triste, ma così è la vita». Il cliente va accolto inclinando leggermente la testa e dicendo, con il tono più neutro possibile: «Sono a sua disposizione».

Kévin sorride e promette che non farà più passi falsi.

Per le lezioni successive gli dico di fare riferimento a Abdelmoumen, che nel retrobottega si estasia davanti all'immagine che gli rimanda lo specchio della mia bara. Torno alle mie faccende.

Il cliente, dicevamo.

Ha appena perso Elton, il suo gatto siamese, e desidera offrirgli una sepoltura degna dell'affetto che aveva per lui. Il veterinario che lo ha addormentato gli ha consigliato il cimitero per animali di Villepinte. Apre la valigia, mi mostra il cadavere della bestiola avvolto in un lenzuolo bianco ed eccolo lì, all'improvviso, che piange come un cuor di mammola. Quindici anni di vita insieme non sono pochi, no?

Condivido come posso il suo dispiacere mentre chiamo Office funéraire per ordinare una cassa di medie dimensioni e una pietra tombale su cui il signore vuole sia inscritto semplicemente: «A Elton in ringraziamento eterno». Gli prenoto poi una fossa al cimitero degli animali di Villepinte. Totale: ottocentocinquanta euro. Il signore paga in contanti, in tagli da cento. Mi dice che non desidera essere presente alla sepoltura: preferisce raccogliersi sulla tomba del suo gatto una volta che il dolore si sarà placato. Mi lascia in deposito la valigia e se ne va, grigio com'era arrivato.

È l'una.

Abdelmoumen e i ragazzi vanno a mangiare al bistrot di fronte. Io non ho per niente fame. Me ne sto lì seduta alla scrivania a contare i minuti che passano pensando a Léo, a cui sono ogni giorno più legata. Una dipendenza che da un lato mi fa stare bene, perché la solitudine finalmente non è più una condanna, ma che mi pesa anche perché assorbe tutto il mio tempo. E ora che so che esiste forse una possibilità, una piccolissima possibilità, che lui recuperi la vista, sono ancora più confusa, perché a dire il vero non riesco a immaginare Léo se non cieco, come l'ho conosciuto.

I miei tornano dal bistrot. Lucas racconta l'ultima barzelletta che ha sentito alla radio: si svolge tutta sotto la linea della cintura e gli altri ridono tenendosi la pancia; tutti tranne Kévin, ermetico a quell'umorismo da camerata.

Appena ritorna il silenzio, mi rivolgo a Lucas e gli dico di portar via la valigia dalla mia stanza, di andare dritto da Office funéraire e provvedere a seppellire l'animale.

Storce il naso. «Villepinte, era un po' che non ci capitava. Hanno veramente soldi da buttar via questi borghesi del cavolo.»

Abdelmoumen, Georges e Marcel se la svignano con discrezione nel retrobottega, ben felici di sfuggire alla corvée.

Kévin invece rimane al mio fianco. Sorride. Alzo gli occhi al cielo. «Ma lei sorride perché è di buon carattere, o è il fatto di avere finalmente un lavoro che la rende così contento?»

Né l'uno né l'altro.

Il suo sorriso non ha nulla di volontario: è una malformazione congenita che gli causa non pochi problemi, perché il più delle volte le persone lo prendono per uno scemo, uno sprovveduto o un ingenuo. Sorride della sua sventura e continuiamo a camminare fino allo spiazzo davanti al negozio. Mi fermo di fronte alla tomba di Arthur, mi addosso alla lapide e gli chiedo cosa può trovare un giovane di vent'anni in un mestiere che ha a che fare con la morte.

La morte lo appassiona, anzi, è proprio una vocazione. Ce l'ha nel sangue, ci ha a che fare da sempre: suo padre è becchino e guardiano del piccolo cimitero di Omiécourt in Piccardia, la sua regione natale. È stato tra i monumenti funebri, le lapidi e le cappellette di mattoncini rossi che ha imparato a camminare ed è lì che giocava alla caccia al tesoro con i suoi soldatini di piombo, nascondendoli nelle tombe fessurate o sventrate da gelo e intemperie. È sempre in quel piccolo cimitero che ha fumato la prima sigaretta e baciato la prima ragazza. Più tardi, quando ha interrotto gli studi, ha sperato che suo padre andasse in pensione per sostituirlo. Ma ancora oggi suo papà, più in forma che mai, veglia sui morti del paese. Allora, col dispiacere nel cuore, ha deciso come molti giovani del posto di prendere la strada dell'esilio e andare a guadagnarsi da vivere lontano dalla Piccardia.

Sorride.

Ha un sorriso comunicativo, sorrido con lui.

La lapide a cui sono appoggiata vacilla sulla sua base di cemento crepata. Non ne posso più di vederla: sembra una grossa pustola in mezzo agli altri modelli. Adesso che Arthur è a riposo potrò finalmente spedire quest'orrore al demolitore e fare spazio per un'altra tomba. La Pérenissima di granito lilla, un filo vistosa senza però essere volgare, ci starebbe benissimo. Era l'ultimo «colpo di fulmine» di «Magazine funéraire», e lo condivido del tutto. Non appena il signor Combray verrà a farmi visita, gliene ordinerò una.

Abdelmoumen e Marcel avanzano uno accanto all'altro verso di me. Abdelmoumen si fa portavoce: vorrebbero andare via un po' prima per tenere compagnia ad Arthur che langue solo soletto nel suo letto d'ospedale.

Sono le diciotto e trenta passate, acconsento con un battito di ciglia e faccio segno a Kévin di ritenersi libero anche lui.

Sorride per ringraziare.

Io trascino la mia malinconia dalla stanza delle bare allo showroom pensando a Léo, a New York, all'idea che un giorno lui potrebbe vedere di nuovo, se...

Ma sarei davvero felice se lui recuperasse la vista?
Non lo so, non credo. È da cieco che mi ha conquistata, è cieco che l'amo, ed è cieco che voglio tenermelo. L'egoismo acceca anche me. Penso cose tremende.
Mi suona il cellulare, rispondo, è Leïla che mi sgrida perché è un secolo che non passiamo un po' di tempo insieme.
Una cena a casa mi andrebbe?
Una cena da me, certo che mi va!
Vado alla mia bara a cambiarmi e abbasso la saracinesca del negozio.

29.

Leïla ha preparato qualcosa dall'aspetto indecifrabile ma dal buon odore. Potrebbe essere un couscous venuto male o un puré di semolino ben riuscito con verdurine caramellate a cui ha mescolato del petto di pollo a dadini. Una meraviglia.

Ci mettiamo sedute a gambe incrociate sul divano del salotto e mangiamo parlando di tutto e di niente. Accenno all'incidente di Arthur, lei mi racconta del suo lavoro. Ha passato il pomeriggio su un ragazzo scotennato dal paraurti di un camion. Un bel casino, a sentire lei.

Ogni volta che deve risistemare un ragazzo nel fiore degli anni le si spezza il cuore. Pensa che il giorno prima era ancora vivo, pieno di progetti, che sicuramente aveva una fidanzata a cui voleva bene, e poi, all'incrocio sbagliato, al momento sbagliato, la sua vita si è spezzata. Quando i suoi genitori lo hanno visto esposto nella sala dell'obitorio, l'emozione li ha travolti. Il papà ha rischiato di svenire, la mamma, di carattere più forte, ha ringraziato Leïla per aver reso suo figlio così bello per il grande viaggio, poi ha mormorato: «Sembra che dorma».

Sembra che dorma: è il più bell'omaggio che si possa

rendere al suo lavoro. È per queste poche parole che non potrebbe mai immaginare di farne uno diverso.

Finito di mangiare, Leïla prende i piatti da cui abbiamo spazzato via anche l'ultima briciola di couscous e se ne torna con un pacchetto di «corna di gazzella», dei dolcetti maghrebini che ha comprato al volo uscendo dalla sala mortuaria. Cinquecento calorie l'uno, ma ne vale la pena. Pazienza per le nostre cosce, pazienza per il nostro sedere: *welcome* cellulite e cuscinetti. Ci abbuffiamo ridendo. All'improvviso Leïla mi dà un colpo di gomito: vuole sapere a che punto sono con Léo. Non rido più. Non posso dire altro se non che vivo una storia complicata. Per essere ancora più chiara, più amo Léo, meno ci vedo chiaro. E, visto che siamo in vena di confidenze, le chiedo di provare a mettersi nei miei panni per aiutarmi a dissipare qualcuna delle mie angosce.

Nei miei panni?

Ma neanche per sogno, non ci pensa nemmeno. Anche nella più ardita delle sue fantasie, non potrebbe mai innamorarsi di un cieco. Ride forte. Mi offendo. Si scusa e si dice pronta ad ascoltarmi.

Le espongo la situazione. Da quando so che Léo potrebbe avere una piccola possibilità di recuperare la vista sono in preda a sentimenti contraddittori. Vorrei mettere assieme la somma necessaria per farlo andare a New York, perché mi sembra inaccettabile che non tenti nemmeno quell'operazione. Al tempo stesso, però, ne temo la riuscita perché ho paura che, una volta aperti gli occhi, mi veda come sono e mi lasci per un'altra.

Leïla si lecca le dita sporche di miele, una dopo l'altra, e mi dice: «Non se ne può veramente più dei tuoi complessi! Ci sarà sempre una ragazza più bella di te da qualche parte. Se Léo ti ama, ti amerà di giorno come di notte. Se no, è uno stronzo e non ti merita. Anch'io ho dei complessi, ma li metto da parte e vado avanti».

Si ricorda che quand'era agli inizi della sua carriera un cliente l'aveva rifiutata perché non voleva che le mani di un'araba toccassero il cadavere di sua moglie. Si ricorda che con Benjamin, il suo primo fidanzato, erano stati invitati al matrimonio di una delle cugine di lui, una festa con ospiti selezionati in un gigantesco appartamento di un quartiere elegante di Parigi. Lì aveva sentito qualcuno commentare che Benjamin era veramente un ragazzo adorabile a fare una buona azione uscendo con un'araba. E non può certo dimenticare che, se l'ho ospitata da me, è stato perché, ogni volta che declinava la sua identità per affittare un appartamento, erano spiacenti, ma era appena stato dato a qualcun altro. Di esempi così, che le hanno fatto venire dei gran complessi e le hanno buttato il morale sotto i tacchi, potrebbe citarmene altri: non dimentica nulla, ma preferisce andare avanti. Tanto è vero che oggi ha risposto a un annuncio dell'Institut français de thanatopraxie che cercava un formatore: due ore, dopo il lavoro, grazie alle quali arrotondare copiosamente il suo stipendio.

Stando alle ultime indiscrezioni, ci sarebbero centocinquanta candidati. E conclude: «Secondo te, la candidatura di Leïla Benameur, domiciliata presso Adèle Reverdy, quante possibilità ha di essere tenuta in considerazione? Forse una su cento, a essere ottimisti. Eppure io ci provo».

Mangio l'ultimo corno di gazzella pensando che anch'io, in fondo, non posso permettermi di non tentare la fortuna.

Lascio un messaggio alle Terme del Paradiso per avvisare Léo che stanotte dormirò nel mio letto. Poi mando un SMS a Étienne con queste poche parole: «Quanto per New York? Ti chiamo domani».

30.

La mattina dopo Étienne non ha ancora risposto al mio SMS. Continuo a spedirgli messaggi per tutto il giorno, finché non mi dà appuntamento a casa sua precisando che non avrà molto tempo da dedicarmi.

Mi bacia sulle guance, in tutta fretta, perché ha appuntamento con Rose da Bofinger, una brasserie dalle parti della Bastiglia. Si allarga la cravatta, sbottona le maniche della camicia bianca e sparisce in una camera mollandomi lì in mezzo al soggiorno.

La casa di Étienne è attraente quanto la sala d'attesa di uno studio medico. Le sedie sono tutte addossate al muro grigio tortora abbinato alla moquette. Un rigoglioso *Ficus elastica* troneggia in un vaso di plastica. Su un tavolino di vetro stanno impilati vecchi numeri di «Paris Match», un bel libro di fotografie di Yann Arthus-Bertrand, con immagini di atolli visti dal cielo, e su due treppiedi, dentro cornici dorate, due litografie di Toffoli, una raffigurante la Moschea Blu di Istanbul striata da una sottile pioggia dorata e l'altra Notre-Dame sotto la stessa pioggia. Mia madre aveva comprato una litografia di quell'autore in una galleria d'arte di avenue des Gobelins per i sessant'anni di papà. Era *La venditrice di calle*: una donna africana con il suo bambino imbracato sulla schiena e un mazzo di calle in mano. Mio padre aveva finto di estasiarsi davanti alla bellezza di quell'oggetto ma il giorno dopo *La venditrice di calle* era finita nel garage in mezzo ai carri funebri.

Étienne ricompare con addosso una camicia nuova, viola questa volta. Si annoda attorno al collo una cravatta verde chiaro, liscia e setosa, e mi dice: «Cosa posso fare per te, mia cara Adèle?».

«Ho bisogno del tuo appoggio.»

«Tutto quello che vuoi, sai che sono a tua disposizione.»

«Riguarda l'operazione. Ci ho riflettuto bene. Voglio aiutarlo.»

Resta pietrificato di fronte alla mia decisione.

Ripeto: «Voglio aiutarlo».

Si riprende. «Gliene hai parlato?»

«Non ancora; aspettavo di sapere se posso contare su di te.»

Mi guarda di traverso come se fossi una matta, sbaglia il nodo della cravatta, ricomincia da capo, lo sbaglia di nuovo.

Si innervosisce. «Finirà che arrivo in ritardo. Cosa ti aspetti da me esattamente?»

Un aiuto per le formalità burocratiche e mediche lì, a New York. E anche un sostegno, per affrontare questa prova.

Quando finalmente riesce a fare il nodo della cravatta fa una smorfia di disappunto. Trova che il verde stoni con il viola della camicia. Confermo: quel verde così tenero sembra una colata di purè di piselli su un campo di lavanda.

È d'accordo con me: si toglie la cravatta e decide che ne farà a meno.

Léo, dicevamo.

Mi fa la lezione alla maniera di Rose, anche se gli riesce meno bene. Non mi risparmia nulla: il fallimento quasi annunciato dell'operazione, le conseguenze di un esito negativo sul paziente, che possono andare da una grave depressione fino al suicidio, chi può dirlo. È già capitato.

Termina il suo sproloquio con una battuta che mi lascia di stucco: «Se decidi davvero di lanciarti nell'avventura, sarà meglio che dici addio al tuo libretto di risparmio perché negli Stati Uniti la mutua non copre le spese».

Si infila un blazer blu coi bottoni dorati un po' sbiadito, un po' *vieille France* – un po' lui, insomma – e mi consiglia di amare Léo per quello che è e non per quello che vorrei che diventasse. Lo ringrazio per il suo minicorso di filosofia alla Paulo Coelho e insisto un'ultima volta perché mi dia una mano.

Apre la porta che dà sul pianerottolo, preme il pulsante dell'ascensore, consulta l'orologio, mi guarda e sospira dicendo che mi trova gentile ma piuttosto rompiscatole. Più rompiscatole che gentile, del resto è per quello che mi vuole bene, e promette che si informerà e mi farà sapere in tempi brevi.

31.

Il cielo sopra Parigi è nero come la pece e piove. È l'ora in cui le persone perbene tornano a casa, i barboni cercano un angolino per passare la notte e gli innamorati si danno appuntamento in bar dalle luci soffuse per un *happy hour*: l'ora in cui non mettere più il naso fuori. Io cammino da sola su boulevard de Belleville congestionato di macchine, moto e bici che si intrufolano sfidando il pericolo in quell'indicibile casino.

Le gocce di pioggia mi scorrono sulle guance, sul collo, mi si insinuano tra i seni, mi fanno venire la pelle d'oca e mi piace. Ho l'orlo dei pantaloni inzuppato, le scarpe che imbarcano acqua, rabbrividisco e starnutisco, ma mi piace.

Mi piace camminare sotto la pioggia, ho la sensazione che mi lavi dalla sporcizia e dall'inquinamento della città. Mi piace la pioggia perché assassina le messe in piega perfette delle belle signore e fa arricciare i miei capelli dritti, scialbi e biondi. Mi piace camminare sotto la pioggia perché c'è poca gente sui marciapiedi e posso fare *ciaf ciaf* nelle pozzanghere, il che per me è un gran piacere.

Vado così veloce da una pozzanghera all'altra che in un attimo sono già alla Gare de l'Est.

Cosa diavolo ci faccio qui, inzuppata come un pulcino, alle otto di sera, in questo atrio di stazione spazzato da venti che vengono dritti dritti dalle banchine dell'Est?

Sono qui perché ho seguito il mio istinto di bestia gelosa, sono qui perché nella galleria dei negozi, da Camaïeu, c'è Clara.

Bisogna che sappia che nella vita di Léo ora ci sono io e che non ho nessuna intenzione di uscirne.

Sono in piedi davanti alla vetrina; il negozio è rischiarato da piccoli faretti che proiettano una luce calda e invitante, sapientemente studiata per attirare le clienti.

Clara è sola. Piega una camicia bianca con stampe geometriche azzurre e verdi che ripone su uno scaffale, sistema sugli appendiabiti cromati le giacche e i jeans presi da una cabina di prova, appende su degli espositori in ferro battuto alcuni gioielli sparpagliati sul bancone.

Ora è tutto a posto.

Si piazza davanti a uno specchio verticale con la cornice di legno bianco tutta lavorata e fissa una ciocca di capelli biondi sfuggiti allo chignon. È la bellezza fatta persona, potrebbe finire sulla copertina di «Elle» o di «Marie Claire» e nessuno se ne stupirebbe.

Devo assolutamente spingere la porta del negozio all'istante perché so che se rimarrò ad ammirarla troppo a lungo il coraggio mi abbandonerà. Ho le gambe che mi tremano e vampate di calore; ma ormai è troppo tardi per fare dietrofront.

Da vicino sembra fatta di porcellana tanto i suoi occhi sono chiari e la pelle diafana. Quello che mi strazia è che il suo sorriso non appare per nulla forzato; anzi, sembra simpatica, davvero simpatica.

I miei capelli gocciolano sulla moquette, ho le formiche alle mani e il cuore che galoppa. Mette un paio di forbici nel cassetto e dice: «Buonasera. Ha visto qualcosa in vetrina che le interessa?».

Lancio uno sguardo circolare per il negozio in modo da non incrociare il suo sguardo e rispondo: «Niente di preciso, grazie. Stavo solo dando un'occhiata mentre aspetto il treno».

Devo cercare di coglierla di sorpresa, in modo da non lasciarle tempo di reagire.

"Clara, lei non sa chi sono io, ma io so chi è lei. Sono venuta per mettere le cose in chiaro una volta per tutte. Léo e io..." Impossibile. Farei la figura della zitella appena innamorata e già inacidita.

"Clara, non ho niente contro di lei, ma io amo Léo, e anche lui ama me. Non c'è posto per lei tra noi due: ci lasci in pace, per favore." Per favore... Perché non stendermi ai suoi piedi, già che ci sono?

"Clara, lei mi sembra proprio una ragazza a posto, e lo sono anch'io. Penso che possiamo capirci e sarò sincera: Léo e io..." Troppo maestrina, troppo piagnucolosa, troppo insincera. Non ce la farò mai.

Mi aggiro per il negozio, mentre lei mi segue con lo sguardo. Mi vede persa nei miei pensieri e mi dice: «Non so cosa cerca, ma stamattina ho ricevuto delle magliette nere in cotone con i bottoncini a pressione molto carine. Sono sicura che il nero le sta bene. Vuole provarne una?».

Annuisco e mi tolgo il cappotto per appoggiarlo sul bancone.

Fa un passo indietro per valutare la mia taglia, va a

prendere da un appendiabiti una maglietta e me la appoggia sulle spalle. Poi gira lo specchio verso di me perché mi guardi. Ma io non vedo che lei. Questa ragazza è un sole, sembra la sosia di Brooke Logan, il personaggio di *Beautiful*, con vent'anni di meno.

Compro la maglietta nera, lei si compiace, è certa che sia proprio il colore che mi sta meglio. Poi mi propone di abbinarla con un paio di jeans aderenti arancioni. Mi assicura che con quel look il mio fidanzato non crederà ai suoi occhi.

Mi irrigidisco.

Lei se ne accorge, assume un'espressione dispiaciuta e con una vocina infantile si scusa: «Mi perdoni, magari lei non ha il fidanzato».

Punta sul vivo, rispondo che ne ho uno e pronuncio il suo nome. Lei spalanca gli occhi di sorpresa e sorride: Léo è un nome che le è molto familiare. E si lascia trasportare dai ricordi. Era il suo fidanzato. Pensava che avrebbero passato tutta la vita insieme, ma, ahimè, tutto è crollato. Il suo musino da madonna di telenovela diventa rosso, si scusa di avermi fatto perdere tempo con dettagli della sua vita privata che non interessano a nessuno.

Guardo l'orologio, infilo una serie di imprecazioni e le dico: «Ho perso il treno. Posso restare qui con lei mentre aspetto quello dopo?».

Annuisce e, di punto in bianco, dice che mi trova simpatica. Mi piacerebbe ricambiare il complimento, ma sono bloccata, la frase non mi esce dalla bocca, non uscirà mai; allora, come una fuga in avanti, le chiedo se è stata lei a lasciare il suo Léo. Mormora un «sì» quasi impercettibile. Si rimprovera ancora oggi di averlo mollato in quel modo. Lo aveva conosciuto quando aveva iniziato a lavorare per il circo Amar ed era stato subito un colpo di fulmine. Erano così innamorati che avevano deciso di sposarsi. La data era già fissata, le pubblicazioni fatte, la chiesa prenotata, gli amici del circo invitati.

Passa lo scanner sull'etichetta, piega con cura la mia maglietta, la fa scivolare in un sacchetto Camaïeu e batte sul registratore di cassa. Sono trentaquattro euro. Mentre pago, le chiedo impaziente: «E allora, cos'è successo dopo?».

Il seguito corrisponde esattamente a quanto mi ha raccontato il mio Léo. La caduta dal trapezio, il coma, la perdita della vista. Clara fa una pausa e riprende con voce atona: «Ho rotto con lui perché a venticinque anni non riuscivo a immaginare di vivere con un cieco».

L'anno scorso ne ha avuto abbastanza delle foche e delle loro palle, ha mollato tutto, si è trovata quel lavoro da commessa ed è partita alla ricerca del suo Léo, che le mancava così tanto. Mi si fa vicina e, quasi fosse un segreto, mi confida che dal giorno in cui si sono separati ha avuto qualche avventura ma ha finito per capire che si ha un solo grande amore nella vita. Tutti quelli che lo precedono sono amori di preparazione, tutti quelli che lo seguono sono amori di ripiego. E lei ormai è sicura che l'unico grande amore della sua vita sia Léo. Non appena lo ha rivisto il suo cuore è esploso, come la prima volta. Descrive la felicità che prova a lasciarsi andare tra le sue mani. A ogni massaggio ha la sensazione di appartenergli di nuovo.

Il mio cuore batte a duecentocinquanta, ancora poco e mi esploderà fuori dal petto, non posso sentire una parola di più. La interrompo: «Non è un po' crudele giocare con i sentimenti del suo ex? Lui nel frattempo potrebbe aver trovato qualcuna che ama e che lo ricambia».

Alza le spalle e risponde con tono leggero: «Lei conosce molte persone che sarebbero disposte a vivere con un cieco? Per me è diverso perché l'ho conosciuto prima del suo incidente. Lui sa chi sono, sa ciò che abbiamo condiviso e io so che tutto potrebbe ricominciare».

Solo a parlarne le viene voglia di rivederlo stasera. Impallidisco, mi sento ribollire, ho la gola secca. Non vorrebbe offendermi, ma all'improvviso trova che io abbia un aspetto un po' sciupato. Mi consiglia di andare a rilassarmi alle Terme del Paradiso, il miglior hammam di Parigi. Basta che mi presenti alla reception dicendo che mi manda Clara – mi precisa due volte il suo nome – e che chieda di Léo.

Sono le otto e mezzo. Mi tende il sacchetto e mi accompagna alla porta augurandomi una buona fine di serata. Sono annientata. Balbetto un «grazie e arrivederci» e non posso impedirmi di pensare che tutto sarebbe stato molto più semplice se l'avessi trovata antipatica, davvero antipatica.

32.

Torno a casa inebetita, rintronata, la testa piena di tormenti. Butto i vestiti fradici in mezzo alla stanza e in pigiama, seduta sul letto, col cellulare a portata di mano, ciuccio il latte condensato direttamente dal tubetto mescolandolo senza ritegno ai Curly che ho preso in cucina. È disgustoso, me ne rendo conto, ma placa le mie angosce. Un po'. Solo un pochino.

Spengo la luce del comodino, mi stendo e chiudo gli occhi per cercare di addormentarmi. Ma più ci provo, più il sonno mi sfugge. Nella mia testa è tutto un turbinio: Clara mi appare sulla banchisa in mezzo alle sue foche e ai palloni, poi di nuovo, nuda e languida, sul lettino delle Terme del Paradiso: le mani di Léo vanno e vengono sulle sue caviglie, le cosce, il ventre, i seni, il suo indice le accarezza le palpebre, lei è all'apice del godimento.

Quelle visioni deliranti mi fanno diventare pazza.

Riaccendo la lampada e guardo la sveglia: sono le dieci e dieci.

Cosa ci faccio alle dieci e dieci in pigiama sul letto con un tubetto di latte condensato vuoto e gli occhi pieni di lacrime?

Questa situazione mi fa venire il vomito.

Barcollo fino al bagno per liberarmi. Mi sforzo, ma non esce niente. Qualcuno bussa alla porta, mi giro, è Leïla. Mi lancia uno sguardo di disapprovazione, tira fuori un pacchetto di Kleenex e me lo tende.

Mentre mi asciugo la bocca, le dico: «Ho mangiato qualcosa che mi ha fatto male».

«Questo vallo a raccontare a qualcun altro. Quando ti rimpinzi di schifezze è perché sei giù di morale. È per colpa del tuo fidanzato?»

Faccio di sì con la testa, poi faccio di no. Non insiste, mi sussurra che anche lei attraversa un brutto momento con Hubert. Sopporta sempre meno il suo lato «star system» e il suo egocentrismo esasperato inizia a darle fastidio. Di conseguenza anche il loro letto si raffredda ogni notte di più.

Mi prende per il braccio e mi trascina in salotto dove Hubert, seduto sul divano, consulta le sue mail su un portatile di ultimissima generazione. Si alza, si avvicina per baciarmi, ma quando nota i miei occhi arrossati e il filo di saliva lattiginosa all'angolo delle mie labbra cambia idea e si limita a tendermi una mano molle.

Mi brontola lo stomaco.

Leïla va in cucina a preparare una tisana salvia e timo, mentre Hubert mi osserva con artefatta gravità. Già al liceo aveva quell'espressione da grandissimo imbroglione quando fingeva di interessarsi a qualcun altro. Parla di Léo, dei ciechi, del loro handicap, si ricorda che uno di loro, invitato alla sua trasmissione, aveva un problema con le scale mobili del metrò e con il suo cane da accompagnamento, divenuto daltonico con l'età.

Sarebbe davvero perfetto se si dimenticasse di me e si rimettesse a giocare col suo computerino. Ma nulla è perfetto, e lui continua. Ritiene che io viva una storia d'amore improbabile tanto quanto formidabile e in qualche modo – senza sapere bene come e perché – mi ammira.

A un certo punto si rende conto che sta parlando a vanvera, o meglio che non sta parlando di sé; allora cambia argomento per darmi ragguagli sulla sua umile persona. Questa settimana «Télé 7 Jours» farà un articolo su di lui. Non un trafiletto: un articolo bello grosso. Serio. Cerebrale. Il giornalista che lo ha intervistato gli ha parlato di una pagina piena, con tanto di fotografia.

«Ah, bene», rispondo, con tutto il disinteresse di una che ha il voltastomaco e che di quell'articolo se ne frega proprio bellamente.

Il suo cellulare fa *bip*. Legge l'SMS che ha appena ricevuto e non può reprimere un sospiro di sollievo e soddisfazione: annuncia forte e chiaro che la sua ultima puntata ha guadagnato due punti in più di audience. Chiama il suo produttore e va in camera a continuare la conversazione.

Leïla torna con una tazza fumante. Mi assicura che nel giro di un'ora avrò lo stomaco libero e potrò ricominciare a ingozzarmi di latte condensato e Curly fino a star male un'altra volta, se voglio. Bevo un sorso di tisana: è amara, disgustosa, un vero torcibudella, ma la mando giù lo stesso, perché devo e soprattutto perché mi piacciono le piccole attenzioni che Leïla ha per me. È più di un'amica. È la sorella che vorrei aver avuto e che non ho avuto. Sento suonare il mio cellulare e mi precipito in camera: è un messaggio di Étienne. Leggo: «Operazione Léo. Impossibile per ora contattare il mio collega di New York. Continuo col pressing. Ti chiamo domani. Buonanotte, cara rompiscatole».

Mi siedo a gambe incrociate sul letto e al mio risveglio è mezzanotte e tredici.

Cosa cavolo ci faccio nella mia stanza a mezzanotte e tredici, lontano da Léo?

33.

Ansimo, soffoco, mi gira la testa. Il sangue mi batte così forte contro le tempie che ho l'impressione che mi stia per scoppiare il cranio. Mi sbottona con infinita precauzione la magliettina nera, slaccia con la stessa delicatezza il reggiseno, mi preme il viso contro il petto, respirando forte. Io mi sento andare a fuoco. Mi succhia i capezzoli, si inginocchia, mi insinua la lingua dolce e morbida nell'ombelico. Mi mordo il labbro a sangue. Mi slaccia la cerniera dei jeans, mi toglie le mutandine e le lancia lontano nell'oscurità della stanza. Mi bacia il sesso, s'insinua dappertutto. Conficco le unghie nella carne soda delle sue spalle scure lucide di sudore. Si alza e mi prende con decisione per le anche, io lo bacio teneramente sulle palpebre chiuse, il suo indice va e viene sulla mia bocca, poi aspira con la sua la goccia di sangue. Gli prendo la testa fra le mani e gli do un bacio profondo, un bacio da dannarmi per il resto dei miei giorni. Mi fa alzare, mi spinge contro il muro, gli arrotolo le gambe attorno alla vita e mi penetra in un colpo. È la prima volta che mi prende così. Sento tutta la sua potenza di maschio dentro di me. Gemo e grido: «Basta, mi fa male! No, continua. Basta! Più forte! Ancora!».

Non so più chi sono, da dove vengo, sono obnubilata dal piacere.

All'improvviso sento il suo corpo irrigidirsi, rovescia la testa all'indietro e, con le mani contratte sulle mie anche, lascia andare un lungo rantolo. Un dolce calore mi invade le reni, è bellissimo. Vorrei che restassimo così, uno dentro l'altra, fino all'alba.

Lo sento affievolirsi dentro me, e lo supplico: «Ancora due minuti, o mio carnefice. Solo due».

Ride e cadiamo sul letto.

Siamo stesi uno accanto all'altra, la sua mano trova la mia, le dita si intrecciano e rimaniamo in silenzio.

Mi piace il silenzio dopo l'amore. Siamo soli al mondo, in questo abisso scuro da cui non vorrei più uscire. In questo momento unico di grazia dimentico tutto.

Léo mi passa la mano sui seni, facendomi fremere. Mi aggiusta la coperta sulle spalle e dice: «Hai freddo. Vuoi che ti prepari qualcosa da mangiare per riscaldarti?».

«Ssh... non muoverti. Ho fame solo di te. Ssh.»

Si sentono solo i nostri cuori sfiniti.

Mi bacia sulla fronte, si alza, va al frigo e torna con una busta di prosciutto cotto che mangia seduto sul bordo del letto. Saziato, fa un gran sorriso e mormora chinandosi verso di me: «Dovresti avvisarmi prima di venire. E se mi avessi trovato con qualcuna?».

La battuta non mi diverte per niente.

«Per esempio con Clara?»

Torna al frigo, cerca una lattina di birra e va a sedersi su una sedia. Dalla velocità con cui i sorsi di birra gorgheggiano nella sua gola capisco che è contrariato.

Posa la lattina sul tavolo, si siede sulla poltrona arancione e, dopo un breve silenzio, riprende: «Stasera è venuta. L'ho avuta tra le mani per più di un'ora. Non finiva più».

«Le hai detto che non provi più nulla per lei? Che non l'amerai più, mai più?»

Si alza, si muove a tentoni contro il muro, sbatte contro una sedia, impreca e viene a stendersi di nuovo accanto a me.

«Glielo hai detto?» chiedo di nuovo.

Fa di no con la testa.

«Le ho detto che sono innamorato di un'altra. Ma si è messa a ridere. Pensa che io faccia finta di respingerla per vendicarmi di lei, ma è certa che alla fine non potrò resistere.»

Dopo il massaggio, Clara lo ha aspettato all'uscita delle Terme del Paradiso. Léo sperava che io fossi lì per farle vedere che non mentiva. Lei lo ha accompagnato fin sotto casa nella speranza di farlo capitolare strada facendo. Vorrebbe che tornassero a essere come ai tempi in cui erano le due stelle più brillanti nel firmamento del grande circo Amar. Quando Léo l'ha salutata sul marciapiede, non ha insistito: è sicura che lui la ami ancora e che quel giochino di «t'amo non t'amo» durerà poco.

Mi fa scivolare la mano tra le cosce. Siamo fronte contro fronte. Gli chiedo se «m'ama o non m'ama». Risponde che mi ama quando non gli parlo di Clara, quando siamo solo noi due, quando con le dita può leggere il mio corpo e tutta la bellezza della mia anima.

34.

Ho lasciato due messaggi a Étienne, ma quando sono arrivata in negozio, a mezzogiorno, non mi aveva ancora chiamata.

All'una i ragazzi mi hanno invitata a magiare con loro al bistrot di fronte perché trovavano che fossi davvero di pessimo umore. Ho accettato con piacere perché la loro presenza è rassicurante quando non capisco bene che direzione stia prendendo la mia vita. E oggi è proprio uno di quei giorni. Sento un'incredibile malinconia, ho l'impressione di inoltrarmi nello stesso tunnel di nebbia in cui vive Léo e che non ne usciremo mai.

Dopo la torta di mele e il caffè, Abdelmoumen mi ragguaglia sullo stato di salute di Arthur. Le ferite si cicatrizzano rapidamente, il quadro clinico è buono, ma è la testa che non va. Fa discorsi cupi e preoccupanti. Vuole porre fine alla sua vita per raggiungere Thérèse, dice che non dobbiamo preoccuparci del suo funerale: ha messo da parte abbastanza soldi per pagarsi una bella sepoltura. Per l'esecuzione delle sue ultime volontà ha nominato l'austero Georges, che prende molto sul serio il suo ruolo di esecutore testamentario. Kévin si lascia sfuggire un sorrisetto malcelato; probabilmente non può impedirsi di sperare che Arthur passi dalle parole ai fatti facendolo diventare, da becchino precario, un becchino a tempo indeterminato.

Finito il pranzo, se ne vanno a ritirare un corpo all'ospedale pediatrico Robert-Debré e io torno in ufficio, furiosa che Étienne non mi abbia ancora dato notizie.

Si fa sentire a fine pomeriggio, mentre sto concludendo una polizza di assicurazione funeraria con un cliente. È riuscito a mettersi in contatto con il suo collega della clinica oculistica di New York e ora può ormai fornirmi tutte le cifre precise e dettagliate per l'intervento. Per facilitarmi, convertirà tutto in moneta europea.

Léo, dicevamo.

L'operazione costa trentaduemilacinquecento euro a cui bisogna aggiungere gli esami preoperatori – cinquemiladuecento euro –, la valutazione e le cure postoperatorie – seimilatrecento euro –, più otto notti a cinquecento euro l'una. Vale a dire – per far prima, ha già fatto il calcolo per me – quarantottomila euro. Più il biglietto aereo, di cui ignora il prezzo.

Quarantottomila euro. Sono ammutolita. Appena prima di riagganciare mi assicura che, se sono sempre decisa a rovinarmi, è disponibile a incaricarsi delle formalità, come mi aveva già promesso di fare.

Mi sono girata e rigirata quelle cifre nella mente e ho fatto il conto dei miei risparmi. Riscattando il mio piano di accumulo per la casa e la mia assicurazione sulla vita, arriverei a fatica a diciottomila euro. Mancano all'appello trentamila euro, più il biglietto aereo. Una pagliuzza. O, meglio, una trave.

Sul tardi, prima della chiusura, Rose mi telefona per propormi un aperitivo al Sombréro, un bar di tapas in rue du Faubourg-Saint-Antoine dove va spesso ultimamente. Intuisco dal tono della sua voce, fragile e interrotta da lunghi sospiri, che il suo invito non ha nulla di casuale. Esito, ma alla fine accetto, perché mia sorella mi manca un po'. Anzi, molto.

Spengo il PC e mentre mi preparo a uscire dall'ufficio vedo apparire il signor Combray. Si impappina in una serie di spiegazioni fumose e incomprensibili per giustificare il suo passaggio a un'ora così tarda, ma, ne è sicuro, non lo biasimerò, perché ha delle novità che vorrebbe mostrarmi in esclusiva. Tira fuori dalla borsa un tablet e fa sfilare una serie di fotografie di crocifissi in bronzo smaltato, stelle di David disegnate da un allievo di César e urne biodegradabili, destinate a far colpo sulla clientela «verde» del quartiere.

Nulla di tutta quella roba mi interessa.

Il suo indice non smette di disegnare arabeschi sullo schermo. Corone di fiori artificiali, lapidi, bare – quelle, più classiche di così non si può – mi scorrono sotto gli occhi. Mentre continua a passare in rassegna i vari modelli di tombe, penso a quella di Arthur che mi sono ripromessa di far sparire alla prima occasione.

«Stop! Voglio la Pérenissima in granito rosa.»

Digita qualcosa sullo schermo e scuote la testa. L'articolo al momento è esaurito e c'è come minimo un mese d'attesa; non c'è da stupirsi, del resto, visto che era il «colpo di fulmine» di «Magazine funéraire» il mese scorso. Dato che non ho nessuna urgenza, mi iscrive in lista d'attesa. Spengo le luci dello showroom e abbasso la saracinesca. Il signor Combray, che ha la macchina parcheggiata davanti al negozio, mi propone gentilmente di darmi un passaggio fino a Faubourg-Saint-Antoine. Accetto, e come ringraziamento gli offro il più bello dei miei sorrisi.

35.

Rose è già lì, seduta a un tavolino fuori dal locale sotto un fungo a gas, con il bavero del cappotto tirato su fino alle orecchie e lo sguardo delle serate storte. Beve un mojito e fuma a piccole boccate che soffia subito fuori dal naso.

L'ultima volta che l'ho vista fumare era così tanto tempo fa che non me lo ricordo più.

Ci baciamo sulle guance senza calore, giusto così, per la forma, per abitudine. Mi siedo accanto a lei, vicina vicina, sposta un po' la sedia e tamburella nervosamente con l'indice sul pacchetto di sigarette. Chiamo il cameriere e mi faccio portare un mojito, come lei.

Spegne la sigaretta sul marciapiede per accenderne subito un'altra. Le sorrido, resta di ghiaccio. È troppo. Sospiro e le dico: «Senti, non sono venuta fin qui per guardare te che fai il muso. Hai un problema? Posso aiutarti?».

Risponde che non sta affatto facendo il muso, ma che invece un problema ce l'ha: me. Beve un sorso di mojito, aspira profondamente dalla sigaretta ed eccola che parte. Era con Étienne quando lui mi ha telefonato. Sapere che sono pronta a indebitarmi per Léo, che conosco appena, la mette in uno stato che non posso nemmeno immaginare. Quarantottomila euro! Esige che io rinunci a questo progetto insensato, vuole aprirmi gli occhi, farmi guardare in faccia la realtà. «Quarantottomila euro!» ripete in continuazione. Non ne posso più di sentirla. Se non fosse mia sorella maggiore me la sarei già data a gambe lasciandola da sola con il suo mojito. Vuole sapere come penso di fare per trovare una somma simile. Non riesco a farle capire che amo Léo e che vorrei ricambiare la felicità che mi dà. Risponde freddamente che se lui mi amasse quanto lo amo io sarebbe il primo a impedirmi di fare una cosa del genere per i suoi begli occhi. Trovo l'espressione davvero infelice, ma mantengo la calma e la informo che lui non è al corrente di nulla, anzi gliene parlerò solo se riesco a mettere insieme i soldi.

Un timido sorriso le si disegna sulle labbra. Evidentemente è convinta che non ce la farò mai e che questa storia dell'intervento a New York si sgonfierà nel giro di poco. È sollevata, ma non ancora del tutto rassicurata. Abbozza ipotesi su ipotesi per convincermi a lasciar stare definitivamente. Se anche trovassi i fondi, mi invita a riflettere sull'eventualità piuttosto probabile che l'operazione non riesca: avrei perso quarantottomila euro; e se riuscisse e Léo, vedendomi, non mi giudicasse di suo gusto? Anche in quel caso avrei perso quarantottomila euro. Il risultato di questa follia potrebbe essere un fallimento in ogni caso.

Ne ho veramente fin sopra i capelli. Finisco in un sorso il mio mojito e le dico: «Ho già valutato tutte queste possibilità. Ma può anche darsi che io gli piaccia; è un'ipotesi che non consideri. Io invece ci credo e ci spero».

«Non si possono puntare quarantottomila euro sul caso.»

Restiamo in silenzio e la cosa mi fa bene. Rose ordina un altro drink per tutt'e due. Ancora silenzio. Adesso però la cosa inizia a farmi male, perché stasera non voglio bene a mia sorella, anzi la detesto, la odio. La odio ancora di più quando mi annuncia che con Étienne le cose si stanno mettendo seriamente e che hanno deciso di andare a vivere insieme e comprare un appartamento. Giusto per mettere le cose in chiaro, caso mai mi venisse in mente di andare a bussare alla sua porta.

Il suo viso, così duro un momento fa, ora è bello, dolce e sereno come quello della mamma. Mi invita a cena lasciandomi la scelta del ristorante. La ringrazio, ma ho lo stomaco così annodato che non ci passerebbe niente. Mi bacia, mi stringe a sé e mi dice: «Sono contenta di averti vista e di aver chiarito le cose».

Tradotto: "Per fortuna che ci sono io a impedirti di fare sciocchezze, mia piccola Adèle".

Cammino per rue du Faubourg Saint-Antoine nel gelo e nel vento e mi sento infelice fino alle lacrime. Mi lascio andare in rue de Lappe, circondata dai vetri appannati dei bistrot, dalle note di valzer *musette* che arrivano dal Bal À Jo, dagli spacciatori che spacciano, dagli sbirri che pattugliano e da una coppia di innamorati che si baciano romanticamente sotto un lampione.

Spingo la porta del P'tit Bar, mi siedo in fondo alla sala e ordino un vin brulé per riscaldarmi il corpo e tirarmi su il morale. Ma è tempo perso, stasera ho la sbronza triste. Invio a Leïla un SMS di due sole parole: *Help me.*

Mentre mi raggiunge finisco il mio terzo bicchiere di vino. Tra le sue braccia cedo definitivamente, piango, le racconto tutto: i commenti assassini di Rose, Clara, i quarantottomila euro, insomma tutto quel che mi è capitato da quando Léo è entrato nella mia vita.

Lei mi asciuga le lacrime, mi bacia sulla fronte, poi ordina un porto che degusta a piccoli sorsi e, una volta svuotato il bicchiere, mi dice: «Una soluzione ci sarebbe. Hubert».

«Hubert?»

«Hai il profilo ideale per la sua trasmissione: una donna bianca innamorata di un nero non vedente che ha bisogno di una grossa somma per pagare l'intervento con cui il suo uomo potrebbe recuperare la vista. A New York. È una storia che può commuovere. Io, per esempio, per una ragazza come te una lacrimuccia la verserei e sgancerei sicuramente una banconota da cinquanta.»

Mi propone di parlarne con Hubert.

Scuoto energicamente la testa. Esibire la mia intimità davanti a migliaia di telespettatori, per di più intervistata da Hubert? Anche per amore, non potrei mai farlo, sarebbe una farsa patetica e insopportabile.

Leïla sbadiglia, guarda l'orologio e mi domanda: «Be', allora, cosa pensi di fare? Chiedere un prestito in banca? Giocare alla lotteria? O forse hai uno zietto ricco da spennare?».

Riprendo il controllo. Resto un attimo in silenzio, poi le dico: «Io ce l'ho uno zietto. Domani vado da lui».

Siamo le ultime clienti del P'tit Bar. Spengono i neon e lo schermo al plasma, un cameriere passa la scopa per la sala. Leïla si strofina gli occhi gonfi di stanchezza. Vuole andare a dormire, domani ha un cadavere che la aspetta al Bicêtre di buon'ora.

In lontananza, una chiesa suona l'una di notte. È troppo tardi per raggiungere Léo. Torniamo a casa a piedi cantando canzoni spensierate: «*Ogni mattina comprava i suoi* petits pains au chocolat... *ah ah ah*».

36.

Sono le nove e lo zio André non è ancora arrivato. Cammino su e giù davanti al suo negozio di pompe funebri di fronte al grande cancello d'ingresso del cimitero di Montparnasse. Arriva uno dei suoi ragazzi, in tenuta da becchino. Inclina la testa assumendo l'espressione mesta e seria del perfetto operatore funebre, viene verso di me e mi chiede: «È per un lutto, immagino».

«Immagina male.»

«Meglio così. Ha appuntamento con il signor Reverdy, allora?»

«Stavolta immagina bene.»

Dal sorriso viscido e dallo sguardo malizioso capisco che pensa io sia l'ennesima preda di mio zio.

Lo zio André. Eccolo, a proposito.

Parcheggia la sua cabriolet con due ruote sul marciapiede. Corro verso di lui a braccia aperte e lo bacio con affetto sulle guance. È piuttosto sorpreso da quell'effusione di tenerezza mattutina. Vede dietro di me il suo dipendente, me lo presenta e gli mette fra le mani un mazzo di chiavi incaricandolo dell'apertura; con la fronte bassa e l'aria contrita, il ragazzo batte in ritirata. Lo zio André mi guarda preoccupato e mi chiede cosa c'è di tanto urgente per andare a trovarlo senza preavviso, nemmeno un SMS o un colpo di telefono, a quell'ora di mattina. Lo prendo sottobraccio e mentre facciamo due passi gli dico: «Niente di grave. Cioè sì. Insomma, non sto tanto bene».

«Cosa posso fare per te, mia cara?»

«Vorrei...»

Mi blocco. Sono paralizzata dalla vergogna: vergogna di essere lì, davanti a lui, e di non trovare le parole giuste per parlare di soldi, per parlare di Léo. Ho la gola secca. Una lacrima mi scende giù per la guancia, poi un'altra, poi un'altra ancora. Lui mi prende la testa fra le mani, Ingoio le lacrime e ricomincio: «Ti ricordi che dopo la morte di mamma e papà mi portavi a Deauville a vedere il mare quando ero giù?».

«E oggi sei giù?»

Resto in silenzio.

«Così tanto?»

Abbasso tristemente gli occhi. Entra nel negozio e parla con il ragazzo, che fa di sì con la testa come quei cagnolini che si vedono sul retro delle macchine. Poi esce e apre le portiere della cabrio col pulsante del telecomando.

Non andremo a vedere il mare, non ce la fa con i tempi, ma possiamo andare sulle rive della Marna, a Nogent, dove è attraccata la sua barca. L'ha comprata da poco per fare un giro dalle parti dell'isola di Guernsey quest'estate con Mathilde, la sua nuova conquista. Una vedova, più giovane di me, che ha dovuto consolare il giorno in cui è venuta a occuparsi dei funerali del marito.

In place Denfert-Rochereau mi chiede ancora una volta cosa c'è di così grave per avere quella faccia, più funebre di quella del suo impiegato. Cerco di essere chiara, limpida e coerente, ma più provo a mettere insieme delle frasi, più mi ingarbuglio. Arrivati alle porte di Parigi non so più neanch'io cosa sto dicendo. Lo zio André mi posa la mano sul ginocchio e mi suggerisce di iniziare dalla fine.

«Trentamila euro. Ho bisogno di trentamila euro, zio.»

«Se è per investire nella tua impresa, posso consigliarti il mio banchiere. È un tizio veramente in gamba. Grazie a lui ho rifatto tutto il nostro sistema informatico.»

André ha la stessa voce cavernosa e un po' sensuale che aveva anche mio padre; la differenza è che mio padre era molto parco di parole, mentre lui è un incontinente verbale: parla sempre, e anche quando si interessa agli altri lo fa attraverso di sé.

Ci immettiamo sul boulevard périphérique, poi attraversiamo il Bois de Vincennes, e io non sono ancora riuscita a spiegarmi.

Eccoci infine davanti al porticciolo turistico di Nogent-sur-Marne. Nel frattempo io so tutto della sua dotazione informatica, che ha avuto l'intelligenza di sostituire quanto i tassi di interesse non superavano ancora il tre per cento, assicurazione esclusa.

Scendiamo dalla macchina, mi prende per mano e camminiamo sulla banchina deserta guardando le barche dei parigini che svernano sull'acqua marroncina della Marna. Mi indica una barca simile a tutte le altre; è bianca, il suo albero svetta dritto verso il cielo ingombro di nuvole e la cabina ha l'aria molto spaziosa, in effetti. È la sua. Orgoglioso, mi interpella con uno squillante: «Allora, non male il gioiellino, no?».

«Super. Fantastica», rispondo.

Sale sulla passerella, salta sul ponte e mi invita a raggiungerlo per farmi visitare l'interno.

Niente da dire: le boiserie lucidissime, gli oblò cerchiati d'ottone, il salottino accogliente, l'angolo cucina, i divanetti soffici e tutti quegli strumenti di navigazione mettono proprio voglia di infilarsi una maglietta a righe e prendere il largo. Ma non sono lì per sognare.

Zio André gioca con il timone, mi parla di babordi, tribordi, venti contrari. Schiaccia un tasto di madreperla sul cruscotto e chiude gli occhi. Ha messo il pilota automatico, direzione Guernsey. Le onde si infrangono contro i fianchi della barca, Mathilde è con lui. Già si vede. Riapre gli occhi e di nuovo cerca di iniziarmi agli effetti della corrente del Golfo, agli alisei, alle tormente dell'Atlantico, ma capisce che sono rimasta a terra e che è da solo a fare lo splendido sulla sua barca. Lascia gli ormeggi e mi chiede: «I trentamila euro sono per fare cosa?».

Gli spiego di Léo, il mio fidanzato. Di Léo il cieco. Di Léo che si deve operare. Di Léo in America.

Zio André è stupefatto. «Ti sei innamorata di un cieco squattrinato. Certo che veramente sei la superdotata fra gli impiastri di famiglia.»

Mi fa sorridere perché in fondo penso che sia vero: ho sempre avuto il dono di attirare ogni genere di grane. Gli propongo uno scambio: potrei cedergli una parte della mia impresa equivalente ai trentamila euro. Apre un pensile della cucina, tira fuori una bottiglia di whisky, ne beve un goccetto a canna e si siede su un divano, comodamente sprofondato tra due cuscini. Poi mi fa segno di andare a sedermi accanto a lui.

Siamo vicini, adesso, e guardiamo davanti a noi i gabbiani danzare e garrire sul retro di una chiatta ormeggiata sulla sponda opposta. Mi mette un braccio sulla spalla e, con lo sguardo sempre perso verso il fiume, mi dice: «Tu vuoi cedermi una parte dell'attività e io stavo proprio pensando di lasciarti la mia in eredità quando andrò in pensione, per continuare il nome dei Reverdy. È un po' un'ironia della sorte, no? Devi essere parecchio innamorata del tuo bello. Ti ammiro, Adèle».

«Non sono ammirevole, sono solo innamorata.»

«Io non sono mai stato così innamorato da mettere in discussione la mia attività, in fondo ho sempre avuto paura di innamorarmi sul serio. Preferisco pagare perché qualcuno mi ami, è più comodo, o forse più vigliacco. Più invecchio, più pago. Questa barca mi è costata una fortuna, ed è per far piacere a Mathilde che l'ho comprata. Io, Guernsey, è da un pezzo che l'ho girata tutta, sai.»

Infila la mano nella tasca della giacca, tira fuori un libretto degli assegni e una penna, scrive una cifra, qualche parola, e firma. Ventimila euro, è tutto ciò che può fare per me. Lo ringrazio, mi accarezza affettuosamente la guancia e dice: «Mi sarebbe piaciuto avere una figlia come te, Adèle. Avrebbe cambiato la mia vita».

«Io sono fortunata ad avere uno zio come te. Ma questo lo sai da un pezzo.»

È ora di tornare verso Parigi. Sul ponte gli prometto di rimborsargli i soldi appena possibile.

La cosa lo diverte. Ripete dietro di me canticchiando: «Appena possibile».

Sulla banchina torna serio e mi dice che non vuole che gli restituisca nulla.

Non posso accettare; gli ridò l'assegno. Non sono venuta a chiedere l'elemosina, sono venuta a chiedere un prestito.

Insiste. Insisto.

Alza gli occhi al cielo e si offende. «Prendilo, è un ordine. È a me che fai un piacere. Spero piuttosto che il tuo bello sappia rimborsarti come si deve.»

«Non ha un soldo, se no non sarei venuta a bussare da te.»

«Non parlo di soldi, parlo di amore.»

Mi infila l'assegno in tasca. Tutto quel che riesco a dire è: «Ti voglio bene, zio André».

«Anch'io ti voglio bene, piccola mia. E adesso mi dici qualcosa di quest'uomo?»

Gli descrivo Léo, bellissimo, fortissimo, dolcissimo, nerissimo. Un sorriso ironico gli illumina il viso abbronzato dalle lampade con cui cerca di nascondere le rughe comparse col passare degli anni.

Sulla strada del ritorno mi parla della sua barca, di Mathilde, della sua ultima partita a poker, della sua futura decappottabile, dei dipendenti, del nuovo sistema informatico del negozio, delle serie di dieci addominali che fa ogni giorno, delle palpebre cascanti che conta di correggere chirurgicamente l'estate prossima... Quando fa così, basta lasciarlo parlare.

In place Denfert-Rochereau accosta davanti alla fermata del metrò. Lo ringrazio ancora una volta prima di scendere dalla macchina.

Risponde con un sorriso: «Non c'è di che, nipotina. In fondo ho solo te». E aggiunge con una smorfia: «Certo che ventimila euro... Costa cara la tua testa di moro!».

37.

Ventimila euro più i miei diciottomila: ne mancano ancora diecimila, escluso il biglietto aereo. Certo, c'è sempre la possibilità di mettere mano al patrimonio sociale: diecimila euro li ho in cassa, basta una manipolazione delle scritture contabili e la cosa è fatta.

Sì?

No?

Mi guardo nello specchio della mia bara: no, non potrei mai, per rispetto nei confronti dei miei ragazzi, per l'impresa, per me stessa e per mio padre, che era un uomo integerrimo. E poi non ho ancora tentato tutte le strade. Ci sono gli amici e le amiche che erano presenti la sera del mio compleanno: prima di salutarci ci siamo promessi solidarietà e aiuto reciproco. Posso chiedere a loro. Con mille euro ciascuno dovrei arrivare facilmente alla somma che mi serve.

Xavier. Comincerò da lui. Single e gestore di un bar tabacchi in place Voltaire: deve avere un bel gruzzoletto che sonnecchia in banca. Recito mentalmente il mio discorsetto per non farmi trovare impreparata.

Ci eravamo promessi solidarietà e aiuto reciproco in caso di colpi duri della vita. "Questo per me è un colpo duro, molto duro. Ho bisogno di te. Potresti prestarmi mille euro?"

Mi correggo: "Potresti anticiparmi mille euro?".

«Anticipare» va meglio, ha qualcosa di rassicurante, fa pensare che quei soldi un giorno torneranno indietro.

Coraggio! Inspiro profondamente, espiro e schiaccio il tasto verde del telefonino. Xavier mi dice in tono suadente che è molto felice di sentirmi, anzi proprio ieri sera pensava a me prima di addormentarsi. Lo ringrazio, fingo di essere lusingata e passo all'attacco.

Mille euro. Detto così, Xavier non trova la proposta molto invitante. Potrebbe mostrarsi più generoso se accettassi un invito a cena stasera. E per sorprendermi elenca una lista di ristoranti prestigiosi della capitale dove è un habitué. Poi quando saremo sazi e ubriachi di ottimi vini potremo passare alla seconda parte della serata: la parte pratica. Si ricorda ancora con nostalgia delle nostre pomiciate di nascosto nello spogliatoio della palestra al liceo e del mio corpo da adolescente, acerbo è vero, ma generoso e volitivo.

Sono disgustata.

Metto giù e con un *clic* cancello per sempre Xavier dalla lista dei miei contatti.

E se chiedessi a Caroline?

Non siamo mai state molto intime all'università, però lei si è spostata dalla sua periferia per i miei trent'anni. Se non si tratta di una vera e propria amicizia, c'è da pensare che abbia almeno un po' stima di me.

Coraggio! Inspiro profondamente, espiro e schiaccio il tasto verde del telefonino. Non ho nemmeno il tempo di dire il mio nome che sento la sua voce soffocata dire che sono senz'altro l'unica su cui può contare, ora. Mi ricorda che ci eravamo promessi aiuto reciproco e solidarietà. Ma queste sono parole, solo parole. Sono tutti dei grandissimi tirabidoni, degli stronzi, dei buoni a nulla! Prima di sentire me, ha chiamato Pierre, Yasmina, Philippe, Stéphanie, Ali, Hubert e gli altri compagni di università: si sono tirati indietro tutti. Lei piange suo marito, disertore del focolare domestico, da tre giorni. Un intrallazzo con la segretaria, una storia così banale, così scontata... Minaccia di farla finita se lui non torna. Tra due singhiozzi riesco a dirle che anche a me i problemi non mancano, anzi, la chiamavo proprio per quello. Ma non mi ascolta nemmeno, conta solo il suo dolore. Mi invia con un SMS il suo indirizzo a Bourg-la-Reine e mi supplica di saltare sul primo taxi e raggiungerla. Dormiremo insieme e potrà continuare a raccontarmi del suo caro marito scomparso.

Riaggancia.

Credo proprio che Caroline mi aspetterà a lungo.

Ali. Proviamo con lui. Ero segretamente innamorata di quel bel ragazzo straniero al liceo. Non c'era ragazza che gli resistesse, a parte me. E non mi veniva difficile, visto che credo non mi abbia mai considerata, neanche un solo istante, come una possibile preda...

Coraggio! Inspiro profondamente, espiro e schiaccio il tasto verde del mio telefonino.

«Ciao, sono Adèle.»

«Ciao, Adèle, qual buon vento ti porta?»

Sento in sottofondo voci infantili, rumori di oggetti sbattuti, *ni-no ni-no* di camion dei pompieri, una voce femminile che si sgola. Capisco che sto disturbando e non perdo tempo, inizio a sciorinare il mio discorso. È disponibile a prestarmi i mille euro. Meglio ancora, mi propone uno scambio. Peggio ancora, me lo impone. Sta per andare una settimana a Londra con sua moglie per le vacanze di febbraio e vorrebbe che tenessi i loro due figli di sette e nove anni, turbolenti, certo, ma tanto, tanto carini. Ma che non mi venga in mente di portarli in negozio: sono così emotivi che farebbero incubi tutta la notte!

Impegnarsi a tenere i suoi mocciosi per una settimana è una decisione che impone riflessione. Prometto di chiamarlo al più presto.

Quando?

Mai, sicuramente.

Tre chiamate, tre buchi nell'acqua.

"Coraggio! Non ci si può rassegnare, Adèle."

Proverò con Roxane.

Profonda inspirazione, espirazione e tasto verde. Con voce piena di finta sicurezza esordisco: «Ciao, sono Adèle».

«Ciao, sorellina.»

Roxane, Rose. Mi rendo conto in un istante del mio errore. Vorrei riagganciare, ma è troppo tardi, ha già iniziato a scusarsi per essere stata così spiacevole con me al Sombréro. La scuso. Vorrebbe che ci vedessimo in tranquillità, adesso che tra noi è tornato il sereno, e nella stessa frase mi ricorda che non le ho ancora versato i dividendi per l'anno scorso. Le spiace parlare di soldi, ma devo capirla, avrà bisogno di denaro per l'appartamento che ha deciso di compare con Étienne. Capisco, le assicuro che mi occuperò al più presto di inviarle la sua parte di guadagni. Se ne rallegra e mi invita a cena, e perché no, a fare due salti al Maracaña, un café-concert brasiliano della rue de Charonne. Rimando a un'altra volta perché non ho testa né per la salsa né per la lambada oggi.

Guardo fuori dalla finestra dell'ufficio, il vento della sera si porta via le ultime foglie dell'inverno e io ho il magone. Vorrei essere con Léo nel buio della sua stanza e perdermi tra le sue braccia.

Abdelmoumen entra senza bussare. Si appoggia al muro e mi fa un bilancio della giornata. Il funerale del bambino al cimitero di Pantin è stato uno strazio: Kévin è svenuto, Marcel e Lucas non sono riusciti a trattenere le lacrime, Georges ha preferito rimanere al volante del carro funebre che abbiamo affittato. Quanto alla mamma del piccolo, aveva una faccia tremenda, un po' come la mia in questo momento. Si rende conto del suo umorismo fuori luogo, si scusa e mi chiede se c'è qualche problema.

«Sì, ho un problema. Ma non lo avrei se lei mi potesse prestare diecimila euro.»

«Ma allora davvero non sta bene, capo.»

«Mi servono subito.»

«Se avessi diecimila euro in mano, pensa che l'avrei supplicata di darmi un aumento?»

«Dunque è un no.»

«È venerdì sera e lei è stanca, capo. Vada casa e si riposi tutto il weekend. Non si preoccupi, io me la cavo qui in negozio. Ci sono abituato ormai.»

Sono ripassata da casa, ho preso qualche ricambio per il weekend, ho fatto due spese e sono andata alle Terme del Paradiso per chiedere a Léo le chiavi del suo appartamento e preparare una cenetta da innamorati. Ma non c'era più. Era appena tornato a casa dopo aver ricevuto una telefonata.

La porta di casa sua è socchiusa, entro e lo vedo prostrato su una sedia. Sente i miei passi e alza lentamente la testa. «Mia madre è al Saint-Joseph, l'hanno portata lì per l'Alzheimer. Non sono un bravo figlio, non vado spesso a trovarla da quando ha iniziato a perdere colpi.»

Tira fuori dall'armadio una scatola piena di DVD e legge, con la punta delle dita, i nomi dei film che ha inciso con il taglierino su ogni custodia. Appena trova quello che stava cercando, lo infila nel lettore e accende la televisione. Spengo la luce, le nostre dita si ritrovano e si stringono, guardiamo a occhi chiusi *Bagdad Café*. Dopo i titoli di coda cantiamo insieme *I'm calling you*.

È da ridere, è da piangere, è la nostra vita. Appena prima di sprofondare nel sonno mi si stringe contro e dice: «Domani andrò a trovare mia madre».

Gli propongo di accompagnarlo. Lui mi mormora all'orecchio che ormai non può più fare a meno di me.

38.

Léo sonda lo spazio davanti a sé con il suo bastone bianco. Urta un vaso di fiori, impreca, aggira l'ostacolo e continua a errare con altre anime in pena nella vasta hall dell'ospedale.

Io ho comprato «Paris Match» e «Télé 7 Jours» all'edicola della clinica e mi siedo al bar in attesa dell'orario di visita, che inizia alle quattordici.

Ma perché mai ho comprato questa copia di «Télé 7 Jours» con il Dr. House in copertina?

Va' a sapere.

Sfoglio «Paris Match». Si passa dal sogno all'incubo ogni volta che si gira pagina: Shakira ammicca sulle piste di sci a Courchevel, corpi sventrati in Libia dopo un attentato di Al Qaeda; Usain Bolt presenta la sua fidanzata, il virus H7N9 dell'influenza aviaria fa trentacinque vittime in Cina. Non si vedono cinesi, ma una montagna di polli abbattuti. Chiudo il mondo, così com'è.

La voce zuccherosa della receptionist annuncia che è l'ora delle visite. Afferro Léo per il braccio e percorriamo un corridoio che conduce al reparto di geriatria. L'infermiera di turno ci informa che la signora Diallo non è in camera, ma nella sala comune dove si guarda la televisione. La troviamo seduta in poltrona con una vestaglia rosa a grossi fiori tristi e gialli, completamente immersa in *Febbre d'amore*. Léo inciampa in un piede della poltrona, lei sussulta, riconosce il figlio e si alza con un colpo di reni per abbracciarlo. Léo la stringe contro di sé e si sussurrano parole tenere. Resto in disparte per non disturbare quel momento di intimità.

All'improvviso si libera dalla stretta del figlio, lo guarda dalla testa ai piedi, si avvita l'indice alla tempia nel segno della follia e lo rimprovera: «Siamo in pieno inverno e tu fai la star con gli occhiali da sole. E questo bastone bianco, che vuol dire? Prepari un numero da cieco per il tuo circo?».

Léo si toglie gli occhiali scuri, i suoi occhi da pesce morto sono pieni di lacrime. Si siedono su una panca, lei asciuga con la mano le guance bagnate di lacrime del figlio e continua a sgridarlo. Mi avvicino a piccoli passi timidi, inclino la testa per dire buongiorno, sorrido. La signora Diallo alza le spalle, si gira verso il figlio e dice: «Pensavo che fosse finita con Clara».

Oscilla avanti e indietro, ha male alle tempie, alla nuca, agli occhi. Si lamenta delle vertigini, le sembra che le stia per scoppiare la testa. Un infermiere attirato dai suoi lamenti accorre per riaccompagnarla in camera. Rifiuta di seguirlo e urla con voce demente che suo figlio è venuto a prenderla per riportarla a Dakar, perché lì non ha mai mal di testa. L'infermiere tenta un nuovo approccio, senza successo. Léo le offre la mano e questa volta lei accetta e si lascia riaccompagnare al suo letto. Poi mi fa segno di avvicinarmi e mormora piano piano: «Clara, preparo la valigia, un quarto d'ora e sono pronta, se vuoi venire con noi credo che al mio ragazzo farà piacere».

Léo è devastato dal dolore, stringe i pugni dentro le tasche, vorrebbe dire qualcosa, ma non una parola gli esce dalla bocca. Un medico bello e giovane chiacchiera con l'infermiera di turno in mezzo al corridoio.

Vorremmo sapere...

Le stanno facendo tutta una serie di esami per valutare lo stato della sua memoria, e lui non è per niente ottimista.

Ma potrebbe essere diversamente quando si tratta di Alzheimer?

La risposta è già tutta in quella domanda che ci pone. Non appena gli esami saranno terminati – fa una pausa guardando Léo – sarebbe bene trasferirla in una struttura specializzata, perché è evidente che nessuno potrà prendersi cura di lei.

Dove?

Non lo sa, si informerà, ma non è urgentissimo: conta di tenerla lì ancora due settimane, il tempo di fare un bilancio completo.

Entriamo di nuovo nella camera, la signora Diallo dorme ed è bella nel sonno. Léo si china su di lei, bacia le sue piccole mani rugose e le canta a bassa voce: *I'm calling you... Can't you hear me.*

Lei apre un occhio, canta con lui: *I'm calling you...*, poi si riaddormenta col sorriso sulle labbra.

39.

All'uscita dall'ospedale Léo è così scosso che mi chiede di rimanere un po' da solo; preferisce non imporre ad altri la sua malinconia e il suo sconforto. Vorrebbe anche contattare il suo capo per concordare un altro orario d'uscita dal lavoro la sera, in modo da poter venire a far visita a sua madre.

Solo, ma per quanto tempo?

Mi dà la copia delle chiavi di casa e mi chiede di rivederci tra qualche giorno, il tempo che nella sua testa le cose si rimettano a posto. Capisco che il mio amore e la mia tenerezza non potrebbero fare nulla per alleviare la sua pena e non insisto.

Saltiamo su un taxi, mi appoggia la testa alla spalla e ci muriamo ciascuno nel suo silenzio fino alle Terme del Paradiso.

Dopo che il taxi riparte mi rimetto a sfogliare «Paris Match», ma ormai i sogni e gli incubi del nostro mondo non mi interessano più: ho la testa altrove, ai miei conti per l'operazione. Lascio la rivista sul sedile e mi connetto col cellulare a qualche sito di agenzie di viaggi: Parigi-New York sono come minimo ottocento euro.

In boulevard de Magenta ci troviamo imbottigliati in un ingorgo senza fine; sul fianco di un autobus accanto a noi vedo scorrere la pubblicità di «Télé 7 Jours» con il bel Dr. House. E improvvisamente capisco: ecco perché ho comprato la rivista! Hubert mi aveva detto che avrebbero parlato di lui. In effetti c'è un quarto di pagina con un suo primo piano e un'intervista in cui denuncia la vacuità, il voyeurismo e il cinismo di altre trasmissioni concorrenti, così lontane dal reality etico e pedagogico che invece conduce lui. In *Piccoli ruscelli formano grandi fiumi* non ci sono messinscene con candidati pigri e pretenziosi che pensano di essere amati per il loro talento, mentre suscitano interesse solo per la loro stupidità. Ne approfitta anzi per lanciare un appello per le candidature delle prossime puntate: amicizie in pericolo, conflitti tra vicini, conflitti generazionali, ricerca di lavoro, indebitamento, amori impossibili... Hubert si farà in quattro per trovare una soluzione ai vostri problemi.

Richiudo «Télé 7 Jours» pensando a quei piccoli ruscelli che formano grandi fiumi, a Léo, a me, agli amori impossibili.

Quando entro in casa, Leïla sta finendo di truccarsi. Mi trova uggiosa come il tempo, le restituisco il complimento perché lei, di solito così chiacchierona, s'irrigidisce quando le parlo dell'articolo su Hubert. Preparo un caffè e andiamo a berlo in salotto. Sul tavolino c'è una copia di «Télé 7 Jours». Leïla la prende, apre alla pagina dell'intervista e dice: «La sua foto è stata ritoccata, non pensi? In realtà ha il mento più cascante».

Sono d'accordo con lei.

«E anche gli occhi non sono i suoi. Così azzurri. Sembrano quelli di DiCaprio, no?»

Stavolta mi accontento di un sorriso complice.

«E tutte queste balle: il signore fa televisione etica, e bla bla bla. Dovresti vedere cosa succede dietro le quinte! Solo persone disperate e casi sociali: dei poveretti a cui si chiede di calcare la mano sulla propria situazione per commuovere altri poveretti.»

«Ehi, hai per caso litigato col tuo fidanzato?»

Esita un istante prima di confermare. A dirla tutta, non sa più se ha voglia di continuare la sua relazione con Hubert. Da quando è uscito l'articolo è ancora più egocentrico; il suo ego si è dilatato a dismisura, ormai non entra più nei vestiti.

Ma il problema non è tanto quello. Le sue ambizioni smisurate potrebbe ancora prenderle sul ridere. Ciò che non riesce a mandare giù, che l'ha ferita profondamente, è quello che è successo alla cena di ieri sera.

Hubert aveva invitato il suo produttore, il regista e un giornalista alla Couscouserie de Marrakech per discutere di un nuovo piano di comunicazione per la trasmissione. Tra *mechoui*, quote di mercato e ottimi vini di Meknes, il produttore, che la trovava piuttosto affascinante, le aveva pronosticato un futuro da animatrice in una trasmissione per bambini, se solo avesse voluto provare.

Le aveva perfino infilato il suo biglietto da visita sotto il tovagliolo, per ulteriori informazioni, poi si era azzardato a chiederle cosa faceva nella vita. Hubert aveva risposto al posto suo che restaurava capolavori minacciati dal tempo e aveva deviato la conversazione per non parlare più d'altro se non del proprio futuro fino alla fine della cena.

Di ritorno a casa, Hubert si era preso una bella lavata di capo. Visto che non voleva ammettere in pubblico che la sua fidanzata lavorava con i morti, loro due non avevano più nulla da spartire, perché il suo lavoro valeva molto di più di tutti gli amori passati, presenti e futuri e certamente di più di quel mondo di cartapesta dove lui si aggirava come un pavone con la ruota aperta. Hubert aveva abbassato la cresta, aveva fatto il contrito, si era scusato. Ma era troppo tardi. Lei lo aveva fatto dormire sul divano in attesa di decidere cosa ne sarebbe stato della loro relazione.

«Che stronzo», impreca chiudendo la rivista.

Mi guarda in cerca di consenso, ma io rimango in silenzio. Insiste. Le rispondo che in fondo, a parte la mancanza di tatto in alcune situazioni, è un bravo ragazzo. Si stupisce nel vedermi prendere le sue difese, proprio io che ero così pronta a stroncarlo in ogni circostanza. Mi interroga con sguardo sospettoso: «Non è che hai qualcosa da chiedermi?».

Penso di sì, penso di no. Penso: "Okay, vado". Penso: "No, non vado". E alla fine mi butto: «Ho fatto i conti. Non ci arrivo. Devi aiutarmi ad andare come ospite nella sua trasmissione».

Non riesce a reprimere una risata sarcastica. Ma il mio imbarazzo nel chiederle quel favore è così evidente che alla fine accetta di mettere per un momento da parte le sue questioni amorose e cercare di farmi invitare a *Piccoli ruscelli formano grandi fiumi*.

Verso sera decido di fare un salto in negozio, giusto per distrarmi un po', vedere qualcuno, ritrovare le mie tombe, le mie urne, controllare se i fiori artificiali non sono per caso cresciuti... Un po' di vita, insomma.

Ma farei meglio a evitare.

Nella sala delle bare i ragazzi brindano a champagne alla salute di Arthur, che verrà dimesso nel fine settimana. Mi unisco a loro e brindo anch'io alla salute del nostro vecchio bizzoso. Abdelmoumen, che ha bevuto ben oltre le prescrizioni del suo profeta, si fa avanti con l'occhio lucido e l'alito pesante e, levando in alto il bicchiere, mi dice: «Senza il suo aumento non avrei potuto offrire questo brindisi. Grazie, capo!».

Georges, Lucas e Marcel si girano verso di me come un sol uomo e ruggiscono all'unisono: «Un aumento? Quale aumento?».

Cerco scampo nel mio ufficio, ma mi seguono passo passo. Mi becco tutte le lamentazioni di Georges e Lucas e le recriminazioni di Marcel, con tanto di minaccia di sciopero se non esaminerò le loro situazioni in tempi più che rapidi. Prometto che farò del mio meglio e finalmente escono brontolando. Cerco Abdelmoumen per dirgli tutto quel che penso di lui, ma il furfante se l'è già squagliata.

40.

A Leïla è bastata una notte per convincere Hubert di quanto fosse urgente venirmi in aiuto. Tuttavia, siccome il mio arrivo inaspettato ha sconvolto la scaletta della trasmissione, Hubert ha dovuto predisporre un momento speciale nella seconda parte della puntata perché io potessi testimoniare il mio dramma personale, come dice lui.

Il giorno prima della registrazione mi dà qualche consiglio per conquistare il pubblico.

Dovrò essere naturale, commovente, spiegare con parole semplici la ragione della mia presenza e quanto coraggio ci voglia per mettersi a nudo davanti alle telecamere. E tutto questo senza dare l'impressione di volerli adescare.

Che altro?

Niente umorismo.

Da quel punto di vista non c'è pericolo, ne sono del tutto sprovvista.

Non parlare di soldi.

Dell'appello alla donazione se ne occupa lui.

Vestiti sobri, preferibilmente neri.

Facile, basta che mi tenga addosso la mia tenuta da lavoro.

Evitare di mettersi a frignare: qualche lungo sospiro e qualche tremolio della voce saranno più che sufficienti.

Per aiutarmi a perfezionare la mia presentazione, Leïla passa da me in ufficio per fare una prova insieme. Vado subito al sodo: la caduta di Léo, il colpo di fulmine il giorno dei miei trent'anni, il professor Étienne Drumont che mi informa della possibilità di un difficile intervento a New York. Per dare una nota di colore al racconto, aggiungo che Léo è nero. Leïla trova che la mia storia farebbe tirare fuori il libretto degli assegni anche a un cuore di pietra. Ha solo una riserva: concludere sul colore della pelle di Léo non aggiunge nulla alla mia testimonianza e rischia anzi di essere controproducente.

Mi fido di lei.

La porta del mio camerino è socchiusa, manca un'ora alla registrazione in diretta della trasmissione. La truccatrice mi incipria il viso facendo scoppiare grossi palloni di gomma da masticare sopra la mia testa, il che mi disturba non poco. Entra Hubert. Ha i capelli ben pettinati, la carnagione fintamente dorata e un elegante vestito blu acciaio che gli sta a pennello. È così perfetto che sembra appena uscito dalla stireria. Mi dà del lei e mi chiama «signora Reverdy» in modo che nessuno possa sospettare che ci conosciamo. Arriva anche il produttore, un tizio dai tratti ebraici.

Hubert mi presenta. «È il caso di cui ti ho parlato ieri sera. Una storia perfetta per noi.»

Il produttore mi fa un piccolo sorriso e mi dice che tutto andrà a meraviglia, poi trascina il suo presentatore fuori dal camerino.

La truccatrice finisce il lavoro incipriandomi fronte e guance con un po' di talco. Sono bianca da far paura; se non riesco a far commuovere i telespettatori con questa carnagione da cadavere c'è da disperare del genere umano.

Meno quindici minuti.

Un'assistente viene a prendermi per accompagnarmi sul palco. Sulle gradinate il pubblico è essenzialmente femminile; in prima fila c'è Leïla, che mi mostra il pollice alzato. Leggo sulle sue labbra: «Forza, Adèle».

Alcuni tecnici si affaccendano attorno alle ultime regolazioni. L'assistente fa sedere alla mia destra una donna dai capelli bianchi, vestita come me con un abitino nero. Spalanca i grandi occhi da bambina e dice: «Questa scenografia giallo dorato è stupenda! E queste luci, blu come la notte! E Hubert, ha visto che bell'uomo! Mio figlio gli assomigliava, prima».

Un tecnico mi aggancia un microfono al colletto del vestito. Una voce maschile che esce da chissà dove annuncia che manca un minuto alla messa in onda.

Hubert entra in studio e gli incipriano un'ultima volta il naso che luccica sotto le luci dei riflettori. Evita di incrociare il mio sguardo. La voce inizia il conto alla rovescia: «Quattro, tre, due, uno. Titoli».

Hubert è in piedi in mezzo al palcoscenico, fissa l'occhio nero della telecamera e, con la voce piena di solennità, comincia: «Benvenuti a questa nuova puntata di *Piccoli ruscelli formano grandi fiumi*. Vi presento le nostre due ospiti, Nadine Sazerat e Adèle Reverdy, due donne che avranno bisogno di voi».

Si gira verso la mia vicina, estrae dalla tasca della giacca una scheda cartonata e legge con tono di voce leggermente ansiogeno: «Nadine Sazerat abita ad Amboise...». Nadine sorride timidamente per confermare. Hubert prosegue la sua lettura. Nadine era orgogliosa del suo bambino. Lo aveva chiamato Pierre in omaggio a suo marito poliziotto, morto nell'esercizio delle sue funzioni poco prima della nascita del figlio. A diciotto anni Pierre decide di cambiare sesso. A venti passa all'azione e cambia nome in Christine. Hubert interpella Nadine, la quale conferma ogni parola e racconta del calvario che vive ormai da un anno. Hubert la ringrazia di essere venuta a confidarsi su un tema tanto delicato e, con lo sguardo dritto in camera, fa un appello ai telespettatori che avessero vissuto una situazione analoga a inviare i loro consigli perché Nadine riesca finalmente a elaborare il lutto per suo figlio Pierre e ad accettare la presenza di Christine, che continua a percepire come un'estranea.

Immediatamente, testimonianze e raccomandazioni iniziano ad arrivare al centralino. Hubert le trasmette alla povera Nadine, che promette di farne buon uso.

A un segnale dell'assistente, il pubblico applaude.

È arrivato il mio turno alla graticola. Hubert si gira verso di me, tira fuori dalla tasca un'altra scheda e fa della mia vita un quadro duro come un pugno nello stomaco, tanto è veritiero. Da ragazzina sono stata timida, riservata, complessata.

Il pubblico è tutto orecchi.

Più tardi, con i ragazzi del liceo Arago è stato un fallimento dietro l'altro.

Perché?

Sempre a causa dei miei complessi.

Il pubblico compatisce.
A me viene da vomitare.
Sono una delle prime a iscrivermi sui siti di incontri per single, peraltro con scarso successo: qualche avventura senza alcuna prospettiva di lungo periodo.
Ho i sudori freddi, le palpitazioni, vorrei essere su un'isola deserta, da sola, in capo al mondo. Finalmente, il giorno dei miei trent'anni, ecco il colpo di fulmine per un africano, anche se francese a tutti gli effetti, precisa. Da quel giorno la mia vita oscilla tra euforia e malinconia, perché Léo l'africano soffre di un terribile handicap. Handicap di cui la povera ragazza ci racconterà qualcosa dopo una breve pausa pubblicitaria.
Mi sento sporca, nauseata, una vera schifezza; mi vergogno di essere lì. Dietro di me, Hubert mi sussurra nella nuca: «Allora, sono stato bravo, eh? Vedrai: non rimpiangerai di essere venuta a commiserarti in diretta davanti a una telecamera».
È la goccia che fa traboccare il vaso. Mi tolgo precipitosamente il microfono dal colletto, mi alzo e me ne vado. Prova a corrermi dietro, ma sono già troppo lontana. Nel primo negozio di alimentari compro un tubetto di latte condensato e lo trangugio avidamente.
Ho lo stomaco sottosopra, ma inizio a sentirmi meglio.
Salto su un taxi e filo dritta alle Terme del Paradiso.

Stesa sul lettino, sento le mani di Léo sfiorarmi le spalle, il viso, le palpebre, la pancia. Si ferma di colpo per farmi notare che ho il corpo ridotto a un fascio di nervi.
Non dico nulla.

Continua a massaggiarmi. A dire il vero, più che massaggiarmi mi coccola. Quasi quasi mi metterei a fare l'amore lì, all'istante, per dimenticare Hubert e tutti quei soldi che mi mancano.

La signorina della reception entra nella cabina ad avvisarlo che Clara è andata a lamentarsi dal capo, perché la sera prima aveva prenotato una seduta di massaggio con lui ma lui non c'era.

A sentire quel nome, il sangue mi si ghiaccia nelle vene e il mio corpo si irrigidisce di nuovo. Léo mi appoggia le mani sulle cosce e risponde che neanche stasera sarà disponibile. Deve andare da sua madre.

La signorina esce dalla cabina. Léo mi accarezza la caviglia, mi infila le dita fra le dita dei piedi e le massaggia una dopo l'altra. Vorrei tanto essere tranquilla e rilassata e riuscire a godermi ogni secondo di quelle piccole estasi che mi offre, ma non ce la faccio. Ho un casino tremendo in testa. Mi alzo, infilo l'accappatoio e gli chiedo: «Ti va di vederci da te, dopo che sarai andato da tua madre?».

Sorride.

È la sua risposta.

41.

Hubert mi ha svegliata all'alba per darmi una bella ripassata. Urlava al telefono che dopo essersi dato tanto da fare per aiutarmi, per tutto ringraziamento lo avevo mollato come una vigliacca un istante prima della ripresa della diretta. Una vergogna, un tradimento che non mi potrà mai perdonare. E mi ha rovesciato addosso una valanga di insulti: racchia, mentecatta, cretina e altre amenità.

Ho riattaccato prima di diventare anch'io odiosa e volgare. Dato che era impensabile rimettermi a dormire, ho lasciato Léo ai suoi sogni e sono andata al lavoro.

Appena arrivata ho provato a chiamare Yasmina e Jules. Altri due fallimenti. La prima si era appena comprata la macchina nuova e non aveva più un centesimo da parte, il secondo non si ricordava nemmeno che ci fossimo promessi aiuto e solidarietà. Mi ha dato appuntamento fra dieci anni, stesso giorno, stessa ora, come nella famosa canzone di Patrick Bruel.

Sono quasi le nove e ho il morale a terra; non ho più la forza di mendicare. Restituirò il prestito allo zio André e rinuncerò a questo progetto che mi distrugge ogni giorno che passa. Sì, più tardi lo chiamerò, lo inviterò a mangiare in una trattoria sul porto di Nogent-sur-Marne e gli restituirò il suo assegno. M'inventerò qualche storiella inverosimile per giustificare la mia richiesta: Léo, il colpo di fulmine, l'operazione erano tutte balle per mettere alla prova il suo affetto. Zio André mi abbraccerà e mi dirà che non c'era bisogno di tutta quella messinscena per misurare il suo attaccamento a me. Ormai mi resta solo la lotteria: chi non risica non rosica.

Una mail del signor Combray mi informa che la mia tomba modello Pérenissima sarà consegnata entro otto giorni.

Abdelmoumen entra mogio mogio in ufficio per ricevere le istruzioni della giornata. Gli tendo il suo foglio con sguardo torvo. Alle undici c'è da ritirare un cadavere al Lariboisière per il cimitero di Belleville, e un altro alle quattordici a Tenon per il cimitero di Charonne. Abbassa la testa e biascica: «Capo, ieri mi è proprio scappato, per l'aumento. Posso fare qualcosa per farmi perdonare?».

«Sì, appena ha cinque minuti liberi può andare in tabaccheria a prendermi un biglietto della lotteria, possibilmente vincente.»

Mi guarda sorpreso ed esce a ritroso dall'ufficio scusandosi ancora della sua gaffe. Io ho un nodo allo stomaco: se non fossi al lavoro, mi metterei a piangere senza ritegno.

Arriva anche Kévin, mi stringe la mano e mi chiede quali sono i suoi compiti per la giornata. Oggi dovrà togliersi i suoi bei vestiti da becchino, infilare la tuta da operaio, prendere gli arnesi in garage e cominciare a smontare la tomba del vecchio Arthur. Se ne va sorridendo nel momento in cui un cliente entra in ufficio.

È una donna sulla quarantina, portamento altero,

capelli biondi, un vestito grigio cangiante e braccialetti di pietruzze viola ai polsi. Ricorda la mamma tanto è bella. In più è riservata e pudica. La cliente ideale. Inoltre, sa perfettamente cosa vuole per rendere l'ultimo omaggio a suo marito.

Parliamo subito di cremazione; le ceneri saranno raccolte in un'urna di granito blu di Bretagna e lei stessa le disperderà al largo di Ouessant. Tira fuori dalla borsa un foglio di carta a quadretti piegato in quattro. È un elogio funebre che ha scritto la scorsa notte al capezzale del marito.

Può leggermene un piccolo estratto per avere un mio parere?

Certo che può.

Ti ho incontrato, avevo vent'anni e tu dieci di più. Mi hai dato due belle figlie, che ti assomigliano nell'aspetto e nel carattere. Così sei diventato immortale. Ti ho amato in modo esclusivo. Tu mi hai amata quanto le volute di fumo delle sigarette che ti hanno portato via. Di te, di noi, mi restano i ricordi dei giorni felici che rimarranno per sempre nel mio cuore. Va' dove ti porta il vento, Jacques. Ti amo e ti amerò fino alla mia ultima ora.

La sua voce non si è incrinata. Quel che ha scritto è semplice, classico, sincero. Forse per me manca un filo di poesia. Direi un bell'otto su dieci. Ripiega il foglio, lo mette in borsa e mi guarda con aria interrogativa.

Approvo con un lento cenno della testa.

Un'ultima cosa. Sarebbe possibile prima dell'incinerazione far sentire *Marcia Baila* dei Rita Mitsouko?

Le prometto che la cerimonia sarà eseguita secondo

i suoi desideri. Tira fuori la carta di credito per pagare le spese del funerale. Ma non c'è fretta, le invierò il preventivo via mail domani, quando avrò preparato la sua fattura. Mi ringrazia di aver avuto la gentilezza e la cortesia di ascoltarla e mi ripete che è molto importante che l'urna sia in granito blu di Bretagna. Era l'unica volontà di suo marito. La canzone dei Rita Mitsouko, invece, è un suo piccolo sfizio.

Kévin appare sulla porta dell'ufficio, è pallidissimo, ha il volto madido di sudore, vacilla. La cliente lo guarda con preoccupazione e mi dice: «Mi sa che il ragazzo non si sente bene».

Poi se ne va, piena di dignità, col suo bel viso e la sua bella andatura. Mamma, insomma.

Kévin mi indica lo spiazzo, gli manca l'aria, balbetta: «Presto, venga a vedere. Presto».

Attraversiamo a grandi passi lo showroom fino alla tomba di Arthur, la cui lapide è ormai ridotta a un ammasso di calcinacci. Kévin affonda il piede di porco tra la lastra e il basamento di cemento crepato e spinge con tutto il peso sulle due mani per fare leva. Mi accovaccio, ma non vedo altro che una fessura nera. Fa scivolare il piede di porco più in profondità e dà un colpo secco. La lastra si solleva di venti centimetri.

Ossignore!

Per terra ci sono un femore e le falangi di una mano. Kévin riappoggia la lastra sul basamento, stringe i pugni sulle anche e mi chiede: «Cosa faccio, signora Reverdy?».

Rispondo, nel panico: «Niente, non tocchi più nulla. Lei non li ha visti, va bene?».

Ritrova il sorriso. «Se capisco bene, mi sta dicendo che sono definitivamente assunto.»

42.

Arthur è ancora immerso nei sogni quando entro nella sua stanza d'ospedale. Si tira su a fatica, siede sul bordo del letto e allarga le braccia per stringermi. Livida, piena di una rabbia che non riesco a reprimere, mi pianto davanti a lui e gli dico senza preamboli: «C'è Thérèse nella tua tomba».

Resta muto, paralizzato di paura. Lo minaccio di avvertire la polizia se non mi racconta immediatamente come sono andate le cose. Ci penseranno loro a sbrogliare il mistero di quello scheletro.

Arthur si aggrappa con le vecchie mani callose ai miei polsi e mormora: «È stato terribile conservare quel segreto per così tanto tempo. Ti spiegherò tutto, Adèle».

Mi fa posto sul bordo del letto perché mi sieda vicino a lui, vicinissimo. Esito, ma mi supplica con lo sguardo e finisco per cedere.

Thérèse, dicevamo.

Era la graziosa cameriera dal grembiule candido che lavorava al bistrot di fronte. Arthur era innamorato perso. Lei aveva diciassette anni, lui il doppio. Il bello, nella faccenda, era che lei lo ricambiava con la stessa intensità. Avevano dei progetti per il futuro, volevano mettere su famiglia, avere dei bambini, comprare una macchina e una villetta in periferia con il giardinetto davanti. Lei sognava di coltivarci ortensie dai grandi fiori rosa, come a casa di sua mamma a Crotoy. Ma perché quei sogni diventassero realtà bisognava aspettare che lei fosse maggiorenne e libera di sposarsi.

Arthur però non era il solo a essere interessato a lei. Tutti i becchini delle pompe funebri vicine le ronzavano attorno. Tra loro ce n'era uno giovanissimo, bello, biondo e già cerimoniere. Arthur moriva di gelosia ogni volta che lo vedeva avvicinarsi a lei. Thérèse poteva ripetergli fino allo sfinimento che era con lui che voleva passare la sua vita, ma Arthur era roso dai dubbi. Dubitava di lei, di lui, del loro futuro, delle ortensie rosa e della villetta in periferia.

Più i giorni passavano, più l'amava di un amore insaziabile; più l'amava di quell'amore troppo soffocante, più temeva di essere abbandonato per il bel becchino.

Una sera che dovevano andare al cinema insieme, lei non si era presentata all'appuntamento. Era andato al bistrot, ma non c'era. Allora era tornato in negozio e, tutto mogio, era andato da mio padre, che a quell'ora lavorava ancora. Mio padre aveva tentato di farlo ragionare, dicendogli che rischiava di perderla del tutto se continuava a spiare ogni suo gesto o spostamento come un vecchio marito cornuto.

Arthur lo sapeva bene, ma la sola idea di perderla lo faceva impazzire: lontano da Thérèse non era niente, solo un portantino di bare dal cuore arido. Era andato a isolarsi sullo spiazzo fuori dal negozio, seduto su una tomba che aveva montato quella mattina stessa, per farsi passare il nervoso fumando, e aveva visto, inaspettatamente, arrivare Thérèse. Era in ritardo perché era tornata a casa per farsi bella.

«Bella per chi!» aveva urlato Arthur, che ormai non si controllava più.

Si erano detti cose terribili. Lei aveva cercato di andarsene. Lui l'aveva trattenuta, lei si era dibattuta, lui l'aveva schiaffeggiata e per schivarlo lei era inciampata, finendo con la testa dritta sulla lapide. Mio padre, che aveva assistito alla scena, era accorso e aveva capito subito che non c'era più nulla da fare.

Arthur si nasconde il viso tra le mani e si rinchiude nel suo dolore. Sono inorridita. Non riesco a capire perché mio padre non sia andato dritto filato alla polizia a testimoniare quanto era accaduto. Arthur non avrebbe subito alcuna conseguenza e quella povera ragazza avrebbe avuto una sepoltura decente. Non riesco a capire come abbia potuto diventare volontariamente complice di quella storia.

No, davvero, non capisco, non riesco a crederci.

Arthur alza la testa e mormora con voce sorda, a malapena udibile: «Quando tuo padre mi ha assunto, sapeva che ero appena uscito di prigione per rapina, ero in libertà vigilata. È per questo che ha accettato di coprirmi: avevo la fedina penale sporca, si rendeva conto che i giudici non avrebbero mai creduto alla mia innocenza. L'idea di seppellirla lì è stata mia».

Così, grazie a mio padre, Arthur è rimasto un uomo libero ma distrutto, prigioniero per sempre del fantasma di Thérèse.

Arthur mi prende la mano e, con un filo di voce, mi chiede cosa farò coi resti di Thérèse.

Rispondo... No, non rispondo niente. Sono scioccata, me ne vado.

Mi aggiro sconvolta per le vie di Parigi e mi rivedo, bambina, giocare a campana o alla corda su quella tomba. Solo a pensarci, mi salgono i conati di vomito.

Mentre sono immersa nella nebbia di boulevard Richard-Lenoir a rimuginare su quell'orrore che ormai mi abiterà per sempre, mi chiama Leïla. Ha due notizie da darmi.

«Basta notizie per oggi!»

Sono nervosa, ma mi raddolcisco subito. Ho così tanto bisogno di conforto...

La raggiungo all'obitorio dell'ospedale Beaujon, dove sta finendo di trattare una giovane donna dai capelli dorati. Ha passato il pomeriggio a restituirle un visino adorabile. Prima di spedirla nella cassa frigorifera che la terrà fresca e rosa fino all'indomani, per la presentazione alla famiglia, le dà un bacio leggero sulle labbra e dice: «Se fossi lesbica, è con una così che mi sarei messa. È bella, non trovi?».

Annuisco.

Mentre si cambia nel suo spogliatoio, la aspetto al bar dell'ospedale.

Andiamo a sederci in fondo alla sala che a quest'ora è deserta. Per tirarmi un po' su di morale, dato che mi vede abbacchiata come non mai, mi annuncia subito le sue novità. Hubert ha trovato un alloggio nel XV arrondissement, in riva alla Senna. È solo questione di giorni e poi traslocherà definitivamente.

Non è una buona notizia?

Abbozzo un sorriso e le chiedo se intende seguirlo. Scuote la testa. Si è affezionata a Hubert, certo, ma non lo ama a sufficienza per poter pensare di andare a vivere con lui. A essere proprio sincera, non si vede ad abitare con nessun altro se non con me, né domani né in un futuro lontano.

La seconda notizia riguarda proprio me. Dopo alcuni calcoli astrusi, è arrivata alla conclusione che sono due anni che vive a casa mia senza che io le abbia mai chiesto un soldo di affitto. Aveva messo da parte qualche risparmio per riuscire ad andarsene casomai avessimo avuto degli screzi e la nostra coabitazione fosse diventata impossibile, ma, a oggi, non una nuvola, non un contrasto: andiamo d'amore e d'accordo. Ha valutato quello che definisce il suo «squattaggio» in quindicimila euro. Tira fuori dalla borsa un assegno firmato e datato e me lo tende. Guardo l'assegno, sorrido, piango, rido, la stringo tra le braccia.

Usciamo dal bar abbracciate l'una all'altra. Ho freddo dentro, ho freddo fuori; Leïla mi arrotola la sua sciarpa attorno al collo, chiama un taxi e con un sorriso triste dice: «Ti lascio andare. Non c'è più nessuno che mi aspetta».

È notte, sono al Général, seduta a un tavolino che dà su rue La Fayette, e aspetto con trepidazione di veder passare Léo. Finisco il bicchiere di porto, che ho bevuto alla salute di Leïla e dello zio André. Ne ordino un altro: ho bisogno di sentirmi leggera per annunciargli che ora tutto è possibile, se solo abbiamo un po' di fortuna.

Finalmente lo vedo sul marciapiede di fronte che avanza a piccoli passi, perlustrando il cammino con il suo bastone bianco. Mi alzo, gli corro incontro e grido il suo nome. Lui si ferma, gira la testa, mi cerca a destra e a sinistra, ma io sono già al suo braccio e lo porto al Général per annunciargli che... Interrompe il mio slancio per parlarmi di sua madre, che è andato a trovare: gli esami confermano ciò che i medici già prevedevano; non le danno più di qualche mese prima che il sole tramonti definitivamente sui ricordi di tutta una vita. Gli hanno consigliato di farla ricoverare in una struttura specializzata per anziani. Léo ripete che darebbe qualunque cosa per rivedere anche una sola volta il suo viso, per portarla a Dakar come si era ripromesso di fare ai tempi in cui era l'Angelo nero e i soldi iniziavano a scorrere a fiumi nelle sue tasche...

Ordino due bicchieri di porto. Beve senza piacere, mi cerca la mano sul tavolo, mi stringe il polso con le dita contratte e mi dice: «Sto male stasera. Per favore, parlami di qualcosa di bello, fammi dimenticare tutta la melma che ho in testa».

«Vuoi veramente che ti parli di qualcosa di bello?»

Oh, sì che vuole.

Inspiro profondamente, espiro e sgancio la bomba. «Se sei pronto a farti operare, ho i soldi per mandarti a New York.»

Resta a bocca aperta, paralizzato, in apnea. Fa di sì con la testa, poi ci ripensa, dice che non può accettare. Sa da Étienne che l'operazione costa migliaia di euro, una somma che non riuscirebbe mai a rimborsarmi, nemmeno massaggiandomi da mattina a sera per tutta la vita. Non vuole che ci siano questioni di soldi tra noi.

I suoi scrupoli mi irritano. Che osi, insomma! Che affronti qualche rischio, come quando era l'Angelo nero e volteggiava lassù sul suo trapezio! E se rifiuta il mio gesto d'amore, non mi dica più che è disposto a tutto e non mi parli più di soli che tramontano, di stagioni, degli occhi di sua madre. Può continuare a sprofondare nel suo mondo di ombre e di tenebre.

Rovescia la testa all'indietro, si passa una mano tremante sui capelli, toglie gli occhiali scuri, mi prende la testa fra le mani e con gli occhi fissi nei miei mi chiede: «Perché fai questo per me, Adèle?».

Asciugo le lacrime di rabbia che mi sono salite agli occhi e rispondo con un singhiozzo: «Per lo sguardo che hai saputo posare su di me».

Mi prende la mano, la bacia; io gli metto l'indice sulle labbra: non voglio più sentire una parola, voglio soltanto che osi.

43.

Ho dormito solo un paio d'ore, e male, la notte scorsa. Cercavo di immaginarmi Léo in sella a una moto, sugli sci, sul suo trapezio, in giro con le mani in tasca, mentre ballava la salsa, mi faceva i complimenti per il vestito o posava il suo sguardo sul mio corpo nudo. Ma niente da fare, era terribile, non riuscivo a vederlo in altro modo se non cieco. Ero divisa tra sentimenti del tutto contraddittori. Da un lato speravo che l'operazione riuscisse, perché nessuno merita di essere cieco. Subito dopo mi sorprendevo a sperare che l'intervento fallisse per tenerlo tutto per me.

Mi sono fatta di nuovo le stesse domande che mi assalgono, a ondate, ogni volta che sono giù di morale.

E se fossi molto diversa da come mi immagina? Gli piacerei ancora?

E se, una volta recuperata la vista, lui non mi piacesse più?

Anche Léo ha dormito male. In silenzio, con la testa appoggiata alla mia spalla, si poneva, forse, le mie stesse domande. Se, se, se...

Stamattina ho inviato un SMS a Étienne per dirgli che dal canto mio era tutto pronto. Poteva contattare il suo collega a New York per prendere accordi. Poi mi sono vestita e ho fatto il caffè. Léo si è alzato stiracchiandosi e mi ha detto: «Adèle, ho sognato che dopo l'operazione aprivo gli occhi e tu eri...».

L'ho interrotto, non volevo sentire altro, e sono andata al lavoro.

Kévin è sullo spiazzo in tuta da lavoro. Ha finito di smantellare la tomba di Arthur e con la pala in mano trasferisce i detriti in una carriola per fare posto alla Pérenissima. Lo ringrazio per il lavoro. Mi sorride e mi racconta di essere andato di mattina presto al Père-Lachaise con un sacco pieno di ossa di cui si è sbarazzato in alcune piccole cripte abbandonate. Sono stupita dalla sua perspicacia e mi complimento con lui per l'idea: se c'è un luogo dove dei resti umani non desteranno sospetti, quello è proprio un cimitero.

All'improvviso strizza gli occhietti pallidi e mi dice: «Adesso che condividiamo un segreto e siamo complici, non potrà più rifiutarmi nulla. Altrimenti...».

«Altrimenti?»

Sorride di nuovo, ma stavolta non è più quel tic che gli dava un'aria da ingenuotto gentile, è un sorriso da apprendista cattivo. Si appoggia con il peso sulla pala, curvando la schiena, e mi annuncia con voce fredda e atona che ha conservato il cranio pensando potesse essere una buona garanzia per sua assunzione a tempo indeterminato, casomai...

Avrei voglia di sbatterlo via su due piedi, ma mantengo la calma quel tanto che basta per dirgli che rimpiango di averlo preso, perché è nelle vesti un maestro di cerimonie che lo avevo immaginato, non certo di un maestro di ricatti. Poi gli indico col dito la stazione di polizia di boulevard de Ménilmontant dove può andare a raccontare tutto quel che sa.

Abbassa la testa e dopo un lungo silenzio eccolo già preso dai rimorsi. Ammette di essere stato una carogna e promette di portarmi il cranio domani, in ufficio. Poi mi supplica di dargli un'altra possibilità. Gli giro le spalle.

Seduta alla mia scrivania, gioco col mouse per calmarmi un po', senza smettere di guardare sull'orologio i minuti che non passano mai. Finalmente, verso sera, Étienne mi manda un messaggio per darmi appuntamento a casa sua, con Léo.

A casa sua?

Perché a casa sua?

Gli pongo la domanda; mi risponde che Léo è diventato un argomento delicato con Rose e preferisce che sia coinvolta in tutta la faccenda.

Chiamo le Terme del Paradiso. La signorina si appunta l'indirizzo di Étienne e si impegna a darlo a Léo appena avrà finito il suo turno di lavoro.

Rose è già lì quando arrivo. Ci baciamo sulle guance – dei baci freddi, a distanza, solo con lo schiocco – e ci sediamo una accanto all'altra sul divano del salotto. Étienne ha preparato coppe di champagne e toast spalmati di tarama. Brindiamo sussurrando un impercettibile «cincin» ed Étienne, a disagio tra noi due, mette un po' di musica per distendere l'atmosfera. Brahms. È ancora peggio. Rose gli fa segno di spegnere e mi chiede a che ora arriva Léo. Dato che temo sia un pretesto per iniziare la conversazione e tornare alla carica con le sue piccole certezze, le sue piccole indignazioni, i suoi piccoli sermoni e i suoi piccoli principi, la prendo in contropiede.

Non m'importa quello che pensa di Léo e di me, è troppo tardi: ormai è deciso, Léo andrà in America.

Vuole che entri nel dettaglio?

No, non ci tiene. Accetta la mia scelta. Si rassegna, per essere più precisi. A partire da quel momento, inizio a sciogliermi. Parliamo di tutto e di niente e la serata prende una piega simpatica.

Léo arriva quando abbiamo ormai ritrovato la complicità dei bei giorni. Étienne lo fa sedere tra me e Rose, gli offre una coppa di champagne, lui cerca la mia mano e accarezza per sbaglio quella di Rose, che si irrigidisce. Léo si scusa, mi mette l'altra mano sulla coscia. Étienne guarda l'ora: adesso a New York sono le diciassette, l'orario giusto per chiamare il suo collega americano.

Gli parla delle circostanze dell'incidente di Léo, dello schiacciamento del nervo ottico, di esami del fondo dell'occhio, di discromatopsia, di elettroretinogramma, con un sacco di termini e dettagli medici di cui non capisco nulla. Viene anche a sapere che c'è una lista d'attesa di un paio di mesi prima di essere chiamati.

Due mesi ci sembrano un'eternità, ora che Léo è pronto ai blocchi di partenza. Étienne, che ci vede delusi, cerca di farci ottenere un appuntamento più vicino, puntando questa volta sul piano affettivo. Presenta Léo come il suo futuro cognato, il che provoca un sobbalzo di Rose. Poi scherza ricordando al suo collega il film *Le luci della città*, che erano andati a vedere insieme in un cinema di Brooklyn quando, giovanissimo, aveva lavorato anche lui alla clinica.

Che altro?

Étienne spera che per me la vicenda si chiuderà meglio che per il povero Charlot. Quando tutto sembra ormai stabilito, Étienne si annota qualcosa su un blocco di carta da lettera e chiude la conversazione con un caloroso: «*Thanks a lot, my dear James*».

In nome della loro vecchia amicizia, il collega ha eccezionalmente rimandato un'operazione non urgente per far passare prima Léo.

Tre giorni.

Abbiamo solo tre giorni per preparare tutto: sbrigare le formalità amministrative per l'accettazione, fare nuovi esami oculistici e prendere un biglietto aereo.

Mando un grido di gioia, abbraccio Étienne, abbraccio Léo, abbraccio mia sorella, bevo alla loro salute e li invito fuori a cena. Léo, che vuole assolutamente sdebitarsi, propone di invitarci tutti al cinema: una sua cliente ha visto *The Artist* e gliel'ha caldamente consigliato. Ci guardiamo, divertiti e imbarazzati, e non riusciamo a non ridere. Léo non capisce cosa abbia scatenato tanta ilarità. Étienne si incarica di spiegarglielo: «È un film muto. Ha il senso dell'umorismo, la tua cliente!».

Léo stringe le labbra, un po' offeso di essere stato preso in giro. «La prossima volta che ce l'ho tra le grinfie, invece di farle un massaggio Marrakech le farò quello sportivo per lottatori di sumo.»

Rose e io vuotiamo la bottiglia di champagne e brindiamo ai nostri amori. Quando è bella allegra, Rose mi passa la mano sulla spalle, mi prende un po' in disparte e mi dice: «Per i dividendi non c'è fretta. Farai come credi, quando potrai».

44.

Kévin non sa più cosa inventare per farsi perdonare e tornare nelle mie grazie. Appena arrivata mi ha preparato un caffè e, come promesso, mi ha restituito il cranio di Thérèse. Adesso si trova sotto la mia scrivania, in uno zaino.

Da allora non si è fermato un attimo: tira a lucido le placche, passa il piumino sulle bare, innaffia i giacinti che ci hanno consegnato stamattina. Ieri sera, finita la sua giornata, mi ha persino spazzato lo showroom in ogni angolo.

Abdelmoumen, che deve farsi perdonare parecchie cose anche lui, ha prenotato un tavolo al Mandarin de Pékin, un ristorante sulle alture di Belleville molto in voga tra gli amanti della cucina cinese.

«Mi spiace, ma a ora di pranzo sono impegnata.»

«Ah.»

Il mio cerimoniere è evidentemente deluso. Gli suggerisco di portare Georges, Lucas, Marcel o, perché no, Kévin. Alza le spalle, fa qualche passo, si gira e azzarda un invito per stasera a cena, un invito senza secondi fini, precisa.

Sono in ritardo, non raccolgo, sono già sul marciapiede a cercare un taxi per raggiungere Léo all'ospedale dei Quinze-Vingt.

Un'ora di imbottigliamento più tardi, eccomi seduta nello studio di Étienne. Mi hanno aspettata per cominciare. Mi siedo accanto a Léo e ci prendiamo la mano come se avessimo paura di perderci. Étienne si siede su un angolo della sua scrivania, con uno sguardo cupo che non promette nulla di buono. Alla luce degli ultimi esami di oggi, è ufficiale, il nervo ottico di Léo è ulteriormente peggiorato. Ostruisce quasi del tutto il passaggio dei mitocondri, le piccole cellule che producono l'energia necessaria a trasferire luce e immagini al cervello. Conclude che un successo dell'intervento, ieri improbabile, oggi sarebbe miracoloso. Léo è distrutto, non vuole più partire, non vuole che io mi rovini per un risultato certamente negativo. Étienne si alza, gli posa una mano amichevole sulla spalla e dice: «Anche se c'è solo una possibilità su cento che funzioni, a questo punto devi tentare, per amore di Adèle».

Léo respira in modo sincopato, come se gli mancasse l'aria.

Étienne insiste: «Allora, la tentiamo questa operazione?».

Rispondo al suo posto: che sia per far piacere a me, o a un'altra, deve andare fino in fondo.

Ormai è stato detto tutto.

Étienne manderà via mail i risultati degli esami al collega e nel pomeriggio farà partire anche i dossier amministrativi. Non mi resta che prenotare l'aereo per dopodomani. Étienne si toglie il camice bianco per infilare il blazer blu a bottoni dorati e si scusa di non poter pranzare con noi: ha appuntamento con Rose per vedere un appartamento. Dà una virile stretta di mano a Léo augurandogli il meglio per i prossimi giorni, poi mi abbraccia e mi dice che sono una ragazza eccezionale. Rompiscatole, ma eccezionale.

Ho accompagnato Léo fino al metrò. Cercava parole semplici per esprimere tutto il suo amore per me; siccome non gli veniva nulla, l'ho afferrato per il colletto e l'ho baciato appassionatamente. Poi l'ho guardato allontanarsi giù per i gradini del metrò. Ha inciampato sull'ultimo scalino, un anziano col cappello l'ha aiutato a rialzarsi e l'ha accompagnato sottobraccio, come un povero cieco, qual è. Mi si è stretto il cuore. Ho pensato che, qualunque cosa accada tra noi due, non rimpiangerò mai quel che sto facendo per lui.

Ho alzato il naso per aria: c'era una bella parentesi di cielo azzurro, ho dato un calcio a una vecchia scatola di latta e sono tornata in negozio canticchiando...

Che canzone era?

Era un lento, col mare, lui, lei e un colpo di sole. Il titolo non me lo ricordo più.

Appena arrivata ho acquistato un biglietto aereo per New York su un sito low cost. Subito dopo sono entrati due clienti. La prima, un po' tocca, aveva visto una trasmissione in TV sulla criogenizzazione e desiderava essere congelata; non dopo la sua morte clinica, poiché secondo le testimonianze degli scienziati che erano stati intervistati era del tutto inutile conservare nel ghiaccio un corpo destrutturato, ma facendosi anestetizzare e poi mettere in una cassa a meno 196 gradi centigradi, come erano stati tutti concordi nel consigliare. La signora era venuta per avere informazioni in attesa di avviare le pratiche. Era la prima volta che mi capitava un caso simile. Purtroppo, o per fortuna, non potevo aiutarla, dal momento che queste pratiche esistono solo in Inghilterra e negli USA. Da noi un corpo si può seppellire, bruciare, donare alla scienza, ma congelare no. Era molto delusa di constatare come il nostro paese sia sempre in ritardo rispetto alle nazioni più civilizzate.

Ha chiesto il mio parere sulla questione.

Il mio parere era che non vedevo il vantaggio di risvegliarmi tra un secolo o due, in un mondo completamente cambiato, dove non conoscerei più nessuno, magari ridotto a un mucchio di polvere e detriti dopo i disastri della terza guerra mondiale. Mi ha trovata disfattista e pessimista, una vera francese! Le ho consigliato di andare a sfogarsi alle pompe funebri vicine.

La seconda cliente aveva appena perso il marito dopo una lunga malattia, come si usa dire in pubblico per non nominare il cancro. Le ho venduto la bara modello Saint-Georges, la tomba Divinas in granito grigio perla, le partecipazioni funebri, il necrologio su «Le Figaro», la messa alla chiesa di Saint-Médard e la sepoltura al Père-Lachaise, non lontanto da Yves Montand, il suo cantante preferito. Un buon trattamento, insomma.

Sulla soglia le ho rinnovato le mie condoglianze. Ha inclinato la testa per ringraziarmi e ha tirato fuori dalla borsetta un cellulare, pregandomi di inserirlo nella cassa. Caso mai suo marito fosse resuscitato, non si sa mai... Ho preso il telefonino. «Nessun problema, sarà fatto» ho farfugliato, stupefatta. «È carico, almeno?» ho aggiunto.

Sì, lo aveva messo in carica prima di venire da me.

Sono le sei e ho appena ricevuto una mail di Office funéraire che mi annuncia la consegna della mia Pérenissima per domani mattina. Rispondo con un: «Grazie. I miei più cari saluti al signor Combray».

I ragazzi tornano sfiniti dalla loro giornata e vanno a cambiarsi nel retrobottega prima di andare a bere un ultimo bicchiere al bistrot di fronte. Tutti tranne Abdelmoumen, che viene a rinnovarmi il suo invito al Mandarin de Pékin. Ha l'aria di essere più una formalità che altro, perché sbadiglia da farsi venire le lacrime agli occhi. Gli raccomando una bella minestrina prima andare a dormire e gli consegno il mansionario per domani, insieme al cellulare da mettere nella bara. Se lo infila in tasca mormorando che, facendo questo mestiere, vede e sente davvero di tutto, poi raggiunge i colleghi al bistrot.

Kévin è sempre lì che tira a lucido lo showroom. Lo chiamo: arriva a tavoletta, la nuca rigida e i talloni uniti, come fosse sull'attenti. Gli dico di abbassare la serranda, di raggiungermi nel retrobottega e portare lo zaino con dentro il cranio di Thérèse. Esegue senza batter ciglio.

Tolgo dalla mia bara le scarpe, i due vestiti neri e la camicia bianca che tengo sempre pronta per ricambio e lustro il legno della cassa fino a farla luccicare. Kévin mi aiuta a posarla per terra. Apro lo zaino, tiro fuori il cranio di Thérèse, impacchettato in un foglio di plastica a bolle d'aria, e lo appoggio tra due cuscini di seta rosa. Poi abbasso il coperchio e dico: «Non sta meglio così, Thérèse?».

Kévin annuisce, turbato. Trasportiamo la bara, lui davanti e io dietro, fino allo spiazzo. Kévin scompare nel garage e torna con una pala e alcune corde che facciamo passare nelle maniglie, poi caliamo la bara nella fossa e la ricopriamo velocemente con i detriti e la terra. Kévin mi promette che domani, di prima mattina, ci getterà sopra una colata di cemento e non si vedrà più nulla.

È fatta: la piccola cameriera in grembiule bianco del bistrot di fronte riposa per sempre in boulevard de Ménilmontant, presso l'impresa di pompe funebri Reverdy e figlia.

Kévin mi sta accanto, la fronte bassa, e mi chiede se ha qualche motivo di sperare che lo tenga.

Gli rispondo con una strizzatina d'occhio complice. Lui ritrova il sorriso.

45.

Léo è agitatissimo, si tortura le dita, va da un capo all'altro della stanza sbattendo un po' contro il letto, un po' contro il tavolo. La valigia. Vuole controllare di nuovo che non manchi niente e per la terza volta affonda le mani tra le sue cose. È tutto sottosopra. Richiude la valigia e continua il suo andirivieni. Sua madre. Vuole chiamarla prima di partire. Faccio il numero dell'ospedale e gli allungo il mio cellulare. La conversazione è breve, solo qualche parola maldestra. Prima di mettere giù, le invia dei baci e le promette che si vedranno subito dopo il suo ritorno. Gli faccio notare che non le ha detto che andrà a trovarla, ma che si vedranno. Ride nervosamente del suo lapsus e dice: «Sarà che mi immagino già senza gli occhiali scuri e il bastone bianco».

E continua il suo avanti e indentro. Il suo stress è contagioso. Finalmente si sdraia sul letto, si distende, si toglie gli occhiali, chiude gli occhi e si addormenta. Ne approfitto per sistemare un po' la casa; apro l'armadio per mettere a posto un maglione e, come ogni volta, mi trovo davanti il poster del circo Amar con l'Angelo nero e la bella Clara, mano nella mano. Come sempre, sento salirmi dentro un istinto distruttivo.

Vorrei fare coriandoli della loro felicità e spargerli ai quattro venti.

Mi telefona Étienne; ha sbrigato gli ultimi dettagli amministrativi, ha inviato tutta la documentazione medica e mi chiede di fargli avere un assegno perché il trasferimento di soldi alla clinica si farà attraverso la sua intermediazione.

Che altro?

Un autista della clinica verrà a prendere Léo all'aeroporto a New York.

Che altro?

Mi manda un bacio, lui e anche mia sorella che è lì con lui.

Che altro?

Niente. Ha riattaccato.

Mi stendo accanto a Léo e attraverso l'abbaino guardo la sera avvolgerci lentamente.

Una stella accarezza gli occhi di Léo. Si sveglia.

Non andremo a mangiare al Terminus Nord, non abbiamo per niente fame.

Ormai è buio. Mi svesto, sono nuda, siamo pelle contro pelle. Mi bacia la punta delle dita, mi accarezza i seni, poi dice: «Se facessimo l'amore, forse ci aiuterebbe a rilassarci».

«Non ho testa per quello, stasera.»

«Ah, no? E per cosa hai testa?»

«Per te, per me, per noi, per domani, per dopodomani. Tu non ci pensi a noi due, al futuro?»

«Il futuro, non so. Da quando ti conosco le cose vanno troppo veloce per me. Erano più di due anni che vivevo al rallentatore, ero un morto vivente, incapace di andare oltre le Terme del Paradiso. E tu hai illuminato la mia vita. Sei un angelo, Adèle. Sei il mio angelo.»

«Non voglio essere il tuo angelo. Voglio che tra noi due continui tutto come prima, anche se a New York le cose dovessero andare bene. Voglio che tu continui ad amarmi con le mani. Voglio essere il tuo solo orizzonte. Voglio farti dimenticare Clara.»

«Farmela dimenticare sarà difficile, visto che non smette di venire alle Terme... È venuta anche ieri sera. Adesso arriva persino a dirmi quali parti del corpo le devo massaggiare. La odio talmente che mi chiedo se è normale odiare così qualcuno che si è amato tanto.»

«L'odio è ancora amore.»

«Adèle, per quest'ultima notte non pensiamo a niente, ti va? Solo a noi due. Con un po' di fortuna, potrebbe essere la nostra ultima notte al buio.»

«Mi ci ero proprio abituata alle nostre notti bianche al buio...»

Chiudo gli occhi. Mi appoggia la testa sul ventre e mormora: «Voglio farti scoprire altri paesi sconosciuti, come nella nostra prima notte d'amore».

«Sono già in viaggio.»

«Dove sei?»

«Sulla *Paloma*, ho preso il largo.»

«E dove vai?»

«Ho doppiato il capo dei trent'anni. C'è mare grosso.»

«Posso imbarcarmi con te.»

«Ti avviso, c'è tempesta, e io navigo senza bussola.»

«Accetto il rischio.»

46.

Sono due giorni che Léo è a New York, due giorni che non ho sue notizie e altrettanti che Étienne ha impostato la segreteria, stanco di essere disturbato da me ogni ora perché chiami il suo collega americano.

Stamattina finalmente si è fatto sentire per dirmi che la diagnosi postoperatoria è incoraggiante, anche se sarà impossibile pronunciarsi definitivamente finché l'afflusso di sangue nel nervo ottico non si sarà stabilizzato. Ci potrebbe volere ancora una settimana, forse più.

Che altro?

Mi augura coraggio, pazienza, e trova che Léo abbia avuto una gran fortuna a incontrare una ragazza come me.

È tardi, sento la sera che mi scivola addosso e i miei ragazzi vanno a casa uno dopo l'altro. Kévin si ferma un momento davanti alla mia porta e con un gesto del mento mi indica, sullo spiazzo, la silhouette di un uomo curvo che si raccoglie davanti alla Pérenissima. È il mio vecchio Arthur.

Vado da lui. Abbozza un sorriso triste, passa il dito

sulle lettere T H E R E S E incise sulla lapide e sussurra: «Grazie».

Lascio passare un secondo di silenzio, poi gli dico: «Pare che il Mandarin de Pékin sia ottimo. Ti va di cenare con me?».

Annuisce asciugandosi una lacrima all'angolo dell'occhio. Poi alza il colletto del cappotto, lancia un ultimo sguardo alla tomba della piccola cameriera col grembiule bianco e si appoggia al mio braccio.

Sono quattro giorni che Léo è stato operato e non ho più avuto altre notizie. Ieri sera ho tentato di nuovo di contattarlo, ma come sempre la chiamata è stata deviata sulla segreteria che mi invitava a lasciare un messaggio. Ho lasciato detto che mi mancava un po', molto, tantissimo, e che mi struggevo per lui. Era sera tardi e avevo paura ad andare a letto, perché da quando è partito ogni notte faccio un incubo, sempre lo stesso. Nel sogno, entro in casa sua a passi felpati, apro la porta dell'armadio e a quel punto, all'improvviso, la locandina si anima e Clara e Léo si baciano appassionatamente tra le acclamazioni della troupe del circo Amar. Allora mi sveglio bagnata di sudore e non oso più chiudere gli occhi.

Stamattina sonnecchiavo appoggiata alla scrivania e stavo per prendere sonno quando il mio cellulare si è messo a suonare.

Era Léo, finalmente.

Aveva un fortissimo mal di testa, mi ha detto, ma l'alone grigiastro si dissipava pian piano e lasciava posto a un mondo bicolore in bianco e nero. Ormai riusciva a distinguere la forma degli oggetti avvicinandoli molto agli occhi. Ero così felice di sentirlo che non sono riuscita a impedirmi di chiedergli se gli mancavo tanto quanto lui mancava a me. Come nella peggiore delle commedie romantiche, a quel punto la linea si è fatta disturbata, poi c'è stato un lungo *bip*. Non ho sentito nulla della sua risposta. L'ho richiamato immediatamente ma, ancora una volta, sono stata trasferita alla segreteria.

E così stasera eccomi di nuovo a cercare di ingannare la noia seduta a gambe incrociate sul letto con in mano un pacchetto di Curly e l'occhio fisso al cellulare nel caso in cui Léo avesse la buona idea di chiamarmi. Ma non è lui che interrompe la mia letargia: è Leïla, che lancia degli «yoo-hoo» acuti al telefono perché l'Institut français de thanatopraxie ha selezionato la sua candidatura. Deve andare domani a firmare il contratto e comincerà i corsi dal mese prossimo. Mi dice che ho cinque minuti per farmi bella perché vuole andare a festeggiare l'avvenimento al Caruso, un bar karaoke di Saint-Germain-des-Prés.

Come nelle più belle serate della nostra vita passata, beviamo, cantiamo, brindiamo e coinvolgiamo nel nostro festeggiamento le altre ragazze del locale. Quando arriva *Aïcha* di Khaled, Leïla si alza e si esibisce in una danza orientale tra applausi scroscianti. Poi è il turno di Francis Cabrel e tutti intonano *Je l'aime à mourir*. E proprio come nelle più belle serate della nostra vita passata, io e Leïla rimaniamo fino alla chiusura e torniamo a casa sottobraccio discretamente brille.

La accompagno in camera sua e la metto a letto, mentre non smette di ripetere con voce impastata dall'alcol: «Un posto per centocinquanta domande e hanno scelto me. Non è male la tua migliore amica».

Le rimbocco le coperte e si addormenta all'istante.

Era stanca morta, e lo sono anch'io. Mi sdraio sul letto vestita e chiudo gli occhi per cercare di prendere sonno. Niente da fare. Di nuovo Clara. Non dice nulla, non è nemmeno con Léo stavolta. È semplicemente lì, davanti a me, con la sua bellezza sfacciata.

Esco dalla camera e vado a sedermi sul divano, accendo la televisione, dove trasmettono un'antologia di repliche di *Piccoli ruscelli*... Clara è sempre lì accanto a me. Spengo e torno in camera. Clara mi aspetta ai piedi del letto. Era, è e sarà sempre il mio incubo.

Stamattina mi sono alzata indolenzita e di cattivo umore. Leïla dice che è perché dormo troppo poco. Non sono mica un'idiota, lo so benissimo che la ragione è quella: da quando Clara viene a sfidarmi ogni notte, non chiudo occhio. Perfino i sonniferi non fanno effetto, tanto sono ossessionata dal pensiero di lei. Anche Léo mi irrita. L'ultima volta che mi ha chiamata – guardo sul cellulare: settanta ore e trentasette minuti fa, per la precisione – è stato per dirmi che stava ritrovando i colori dell'arcobaleno e che aveva fatto i primi passi nel corridoio senza il bastone.

Conto i minuti, mi guardo nello specchietto della cipria e constato i danni provocati dalle mie notti insonni. Ho le occhiaie scure, gli occhi pieni di venuzze rosse e un colorito pallidissimo che mi fa il naso ancora più lungo.

Una cliente bussa alla porta. Cerco di prendere un'espressione cordiale, che però dura meno di trenta secondi. Devo avere l'aria veramente triste, perché mi chiede se anch'io ho subito un lutto di recente. Esco dall'ufficio e prego Abdelmoumen di sostituirmi.

Vado a isolarmi nel retrobottega. Non ho più la forza di contare i minuti e le ore.

In quel momento il cellulare si mette a suonare. È Léo. Cerco le parole per iniziare a litigare, ma non mi viene niente. Allora sto zitta e ascolto.

Il suo aereo è prenotato per domani, sarà a Orly alle sei del pomeriggio del giorno dopo. Non sta più nella pelle dalla voglia di tornare a Parigi e mostrarmi come quel poco di vista che ha ritrovato abbia già fatto di lui un uomo nuovo.

Sarò lì ad accoglierlo?

«Non c'è problema», rispondo, la voce soffocata dall'emozione.

Conclude mandandomi qualche bacio con lo schiocco. Il telefono mi cade di mano, non ce la faccio più, me ne torno a casa.

Stanotte prima di addormentarmi ho preso una dose doppia di sonniferi e ho dormito, ma male. Non ricordo più dove si svolgesse la cosa, né come ci ero arrivata, ma ero circondata da una legione di Clare innamorate di un esercito di Léo, e tutti ridevano, si amavano e scopavano davanti a me, spettatrice delle loro orge.

Mi sono svegliata alle cinque di mattina, bagnata di sudore, e ancora una volta non ho più osato riaddormentarmi.

A colazione, nonostante i quattro caffè, sono ridotta a uno straccio e ho i nervi a fior di pelle. Sto entrando in depressione, non c'è dubbio. Leïla mi dice di andare a farmi vedere dal medico e iniziare a curarmi prima di diventare uno zombie.

Mi alzo da tavola, raccolgo le ultime energie e vado verso la galleria dei negozi della Gare de l'Est ad affrontare il mio problema con me stessa prima di impazzire definitivamente.

Clara mi riconosce subito. È contenta di vedermi e sembra sincera perché un bel sorriso le illumina il viso.

Sono in un bagno di sudore, credo di avere la tachicardia, ho un velo blu davanti agli occhi. Mi propone un caffè: sarà pronto in un secondo, deve solo schiacciare il bottone della sua macchina. Rifiuto. Sistema un maglione a righe bianche e blu su uno scaffale e mi chiede: «Allora, la maglietta nera che le ho venduto ha fatto effetto sul suo Léo?».

Annuisco.

«Non avevo dubbi, non c'è niente di meglio per mettere in risalto il seno. Ne vendo cinque o sei al giorno. Ho ricevuto dei maglioncini in cachemire davvero deliziosi. Vuole vederli? Non riuscirà a resistere.»

Apre sul tavolo alcuni modelli dai colori primaverili. Ne prendo uno a caso, saggio la qualità della lana, lo metto giù, mi raschio la gola e dico: «E sul suo, di Léo, pensa che farà effetto?».

«È da qualche giorno che non lo vedo all'hammam. Il suo capo mi ha fatto sapere che era a New York, ma io penso che sia tutta una scusa per non vedermi. Ha troppa paura di cedere.»

«Anche il mio è a New York.»
«Ah, sì? E a fare cosa?»
«Si è fatto operare agli occhi. E non è andata troppo male, a quanto pare.»
Di colpo la sua nuca si irrigidisce e il suo volto, così dolce, si tende in una strana smorfia. Mi guarda, incredula, e scoppia in una risata piena di disprezzo. Léo le ha parlato di me, ma pensava che fossero tutte frottole. Le dico che lo amo. Mi dice che lo ama anche lei e che è sicura che tornerà sui suoi passi. Forse ci sarà da aspettare, ma lo riconquisterà, ne è certa, perché non è passato molto tempo da quando si promettevano mari e monti.
Le sue mani stropicciano e stiracchiano i maglioncini di cachemire. Mi gira le spalle.
Le dico: «Arrivederci, Clara». E aggiungo: «Arriva domani a Orly, alle diciotto».

47.

Il volo in arrivo da New York è appena atterrato. Clara è qui anche lei, se ne sta a distanza e mi ignora. Io mi sono fatta bella. Leïla mi ha aiutata a scegliere i vestiti, qualcosa di sobrio e classico, e si è anche occupata dell'acconciatura raccogliendomi i capelli all'indietro e fissandoli con un niente di gel perché il tutto non se ne partisse al primo colpo d'aria. Per sicurezza ho infilato in borsa un tubetto di latte condensato. Non si sa mai.

Ho caldo, ho freddo, mi scappa anche la pipì.

Alcuni viaggiatori escono dal gate parlando forte in americano. Mi torturo le dita, mi mordicchio le labbra. Clara continua a evitarmi. Eccolo, lo vedo, Léo, non ha più il suo bastone bianco ma porta ancora gli occhiali scuri. Cammina lentamente, e io non riesco a fare nemmeno un passo verso di lui. Si guarda attorno. Vorrei urlare il suo nome ma sono muta, del tutto afona. Clara taglia la folla, è davanti a lui, lo attira a sé, gli dà un bacio sulla bocca e lo prende per il braccio. Fanno un passo, due... dieci, venti. Si allontanano, si perdono tra la gente. Ormai sono solo due ombre che si tengono per mano.

Apro la borsa, acchiappo il mio tubetto di latte condensato e inizio a ciucciarlo selvaggiamente, con gli occhi pieni di lacrime.

Mi viene da vomitare.

Voglio vomitare tutto.

Sto per vomitare tutto.

All'improvviso si fermano, discutono a lungo. Un'eternità. Léo si gira, torna sui suoi passi.

Non mi viene più da vomitare.

Sono più leggera di una farfalla, volo verso di lui. È lì, a un soffio da me, si toglie gli occhiali scuri, mi sorride e dice...

No, non dice niente. Mi stringe solo tra le sue braccia e mi bacia con amore.

Dal catalogo

Garzanti

Sarah Vaughan

IL SAPORE SCONOSCIUTO DELL'AMORE

Impastare, mescolare, montare. Un'onda di cioccolato, un pizzico di cannella, una spolverata di zucchero. Sembra facile, eppure un dolce non è solo un dolce: è soprattutto una dimostrazione d'amore. Come il pane fatto in casa fa sentire importante chi si ama. È così per Jennifer, per cui una tavola imbandita è un modo per tenere unita la famiglia, anche se ora si sente più sola che mai, e per Vicki che sforna deliziosi e soffici pan di spagna per rendere finalmente fiera sua madre. Mike nella perfezione di un dolce cerca la conferma ai suoi sforzi di essere un buon padre; mentre Claire ha dovuto accantonare la sua passione culinaria per crescere da sola il suo bambino. E proprio per comunicare di nuovo con suo figlio Karen prepara squisiti pasticcini. Il destino li fa incontrare in un'affascinante tenuta di campagna dove l'odore delle spezie e dei profumi si diffonde nelle ampie sale e nel giardino. Sono tutti in gara per diventare il degno erede di Kathleen Eaden, «La regina della cucina», autrice di un ricettario che dagli anni Sessanta ha ispirato intere generazioni. Sono tutti convinti sostenitori della sua idea secondo la quale cucinare è una fonte inesauribile di felicità. Ma non hanno ancora trovato la ricetta giusta per raggiungerla. Perché a volte l'ingrediente speciale non è altro che un sorriso, una nuova opportunità che si affaccia all'orizzonte, una decisione sofferta che può cambiare la vita.

Shelly King

TUTTA COLPA DI UN LIBRO

È come ogni giorno, Maggie è andata a rifugiarsi nel suo posto preferito, la libreria Dragonfly di Mountain View, California. Accoccolata nella grande poltrona di liso velluto verde con un romanzo d'avventura in grembo, riesce quasi a dimenticare di avere perso il lavoro e di avere il conto in banca quasi a secco. Oggi le capiterà fra le mani qualcosa di veramente speciale: una copia e ingiallita dell'*Amante di Lady Chatterley*. Non si tratta di un libro qualsiasi, perché i margini delle pagine nascondono la corrispondenza di un uomo e una donna che non si conoscono, Henry e Catherine. Parole d'amore e corteggiamento, frasi piene di passione, fino all'ultimo messaggio, una richiesta di appuntamento... Chi sono i due? Maggie si appassiona alla loro storia e vorrebbe saperne di più. Perché quelle parole piene di emozione lei le ha sempre lette nei libri, ma non immaginava che si potessero dire veramente. Ma la vita è pronta a sorprenderla, perché la Dragonfly è in pericolo. All'angolo della strada si è aperta una nuova libreria di catena e i suoi libri intonsi e luccicanti minacciano di cancellare per sempre il segreto fascino delle pagine di un tempo. Maggie non si arrende, deve trovare il modo di salvare la Dragonfly. Proprio il segreto di Henry e Catherine, quei romantici messaggi scritti a mano, possono cambiare il destino della vecchia libreria. E forse anche il suo...

Finito di stampare nel mese di aprile 2015
da Grafica Veneta s.p.a., Trebaseleghe (PD)